Blackout

ALICE GABATHULER

Thienemann

Für Dominic und Kayleigh

Prolog

Die Welt war noch da. Verschwommen, aber sie war da. Einen unendlichen Augenblick lang war er allein mit sich und seinen Gespenstern. Dann hörte er Stimmen. Jemand zog ihn aus dem Wagen. Er übergab sich und es wurde endlich dunkel.

1

Musik wummerte aus den Lautsprecherboxen und füllte zusammen mit lautem Stimmengewirr die Luft. Nick und Carla drängten sich durch die Menge zur Theke. Immer wieder blieb Carla stehen, wechselte hier ein paar Worte und küsste dort ein paar Wangen. Jedes Mal stellte sie ihn vor, als ob nicht schon jeder wusste, wer er war: der arrogante Idiot, dem es Thomas und seine Gang mal so richtig gezeigt hatten. Meistens erntete er ein kurzes Nicken in seine Richtung, manchmal auch einen neugierigen Blick. Aber niemand machte ihn blöd an. Er gehörte zu Carla, also ließ man ihn in Ruhe. Trotzdem atmete er auf, als sie endlich die Bar erreichten.

Nick überließ Carla den einzigen freien Hocker und blieb dicht neben ihr stehen. Sie bestellte einen Saft, Nick fand, er habe ein Bier verdient nach diesem Spießrutenlaufen. Er legte seine Hand auf ihren Arm und schaute sie an. Sie grinste. »Nichts zu danken.«

Er grinste zurück und fühlte sich plötzlich richtig wohl. Der Schuppen gefiel ihm. Schwarze Wände, dicht behängt mit alten Konzertplakaten, ein abgewetzter Dielenboden und metallene runde Tische überall im Raum verteilt. In der Ecke eine Musikanlage, hinter der ein Typ mit wirrem Haar in seiner Plattensammlung wühlte, auf der Suche nach dem perfekten Song. Platten, keine CDs. Nick beschloss, später bei ihm vorbeizugehen und sich die Scheiben näher anzusehen. Auf einer kleinen Tanzfläche bewegten sich ein paar Körper im Takt der Musik.

»Komm, tanz mit mir«, sagte Carla.

»Muss das sein?«

Sie schnitt eine Grimasse. »Ja, das muss sein!«

Er folgte ihr auf die Tanzfläche. Ihm gefiel, wie sie sich zur Musik bewegte. Sie lachte ihm zu. Später würde er sich immer und immer wieder an diesen Augenblick erinnern, den letzten, in dem er sie glücklich gesehen hatte.

Nach ein paar Songs hob Carla die Hand und mimte eine Trinkbewegung. Sie gingen zurück an die Bar und tranken ihre Gläser aus.

»Noch eins?«, fragte der Typ hinter der Theke.

»Ja, noch eins ... und noch einen Saft«, antwortete Nick und wunderte sich, wie komisch er klang. Er wollte in seine Hosentasche greifen, um das Geld herauszuziehen, doch er griff daneben. Jemand rempelte ihn an. Er verlor das Gleichgewicht und taumelte gegen die Theke.

»Carla, ich muss mal schnell an die frische Luft.«

Ihm war speiübel. Die Gesichter um ihn herum verschwammen zu einer undeutlichen Masse. Der Boden unter seinen Füßen begann zu wanken. Er torkelte. Carla sprang von ihrem Hocker und stützte ihn.

»Was ist?«, fragte sie.

Er verstand sie kaum. Immer schneller drehte sich alles um ihn. Carla schleppte ihn mehr oder weniger zum Ausgang. Draußen sah er, wie sie ihren Mund bewegte, aber er hörte sie nicht. Seine Beine gaben nach und er glitt zu Boden. Ihr Gesicht löste sich auf, die Farben verschwanden. Er wollte seinen Arm nach ihr ausstrecken, aber er fühlte ihn nicht mehr. Ein schwarzes Loch raste auf ihn zu und verschlang ihn.

2

In Nicks Kopf hämmerte es, sein Mund war trocken. Nur mit viel Anstrengung gelang es ihm, die Augen zu öffnen. Da war nichts, nur ein undurchdringliches Grauschwarz. Er wollte wieder in einen schon vergessenen Traum zurück, aber ein Gedankenfetzen in seinem verwirrten Kopf hinderte ihn daran. Irgendetwas stimmte nicht.

Er tastete mit den Händen seine Umgebung ab. Harter Boden. Lose Steine. Es stank nach Alkohol und Erbrochenem. Hatte er sich einen Drogencocktail reingekippt? Er blinzelte. Jeder einzelne Lidschlag fühlte sich an, als könne er seinen Schädel zum Explodieren bringen. Nick blieb liegen und wartete darauf, dass die Welt aufhörte sich zu drehen, doch sein Körper fuhr weiter Achterbahn und tauchte in den nächsten Traum.

Er trieb schwerelos unter der Wasseroberfläche, ohne Luft holen zu müssen. Bunte Fische umkreisten ihn, Quallen schwebten lautlos an ihm vorbei, Algen bewegten sich im Rhythmus eines seltsamen Liedes. Dann wurde das Wasser unvermittelt kalt, es gefror und Nick war unter der Eisfläche eingeschlossen. Er wollte schreien, aber sein Mund füllte sich mit Wasser. Durch einen langen, dunklen Tunnel glitt er von einem Traum zum anderen.

Hände griffen nach seinen Armen, zerrten an ihm. Jemand schlug ihm ins Gesicht.

»Hörst du mich?«

Er wollte etwas sagen, doch aus seinem Mund kam nur ein Stöhnen.

»Junge, wach auf!«

Langsam, ganz langsam bewegte er seinen Kopf. Sie sollten aufhören ihn zu schütteln!

»Er ist nicht ansprechbar«, rief eine Stimme. »Steht wahrscheinlich unter Drogen.«

Nick zwang sich, die Augen zu öffnen. Er sah einen grauen Himmel, dann ein verschwommenes Gesicht, das sich über ihn beugte. Er erinnerte sich an ein anderes Gesicht, das ihn besorgt angesehen hatte.

»Carla?« Seine Stimme war ein heiseres Flüstern. Er versuchte es nochmals. »Wo ist Carla?«

»Wir bringen ihn ins Spital«, sagte der Mann mit dem verschwommenen Gesicht, »sicher ist sicher.«

»Nein!« Nick versuchte sich zu wehren. »Carla ... Wo ist sie?«

»Sollen wir einen Krankenwagen rufen?«, hörte er jemanden fragen. Er wollte keinen Krankenwagen! »Carla?«, krächzte er.

»Was ist mit Carla?«

»Sie ...« Er wollte sagen, dass Carla ihn mit nach Hause nehmen würde, aber seine Zunge klebte fest.

»Nein, kein Krankenwagen«, entschied das verschwommene Gesicht, das jetzt ein bisschen weniger verschwommen aussah. Zum Gesicht gehörte eine Uniform. Bullen! Zu zweit zogen sie ihn hoch, brachten ihn zu ihrem Streifenwagen und setzten ihn auf den Rücksitz. Nicks Körper kippte zur Seite.

Während sich der eine Polizist zu ihm nach hinten setzte und ihn festhielt, stieg der andere auf der Fahrerseite ein und startete den Motor.

»Was ist mit Carla?« Nicks Mund fühlte sich immer noch taub an.

»Das wirst du uns sagen müssen«, sagte der Typ neben ihm. »Wir suchen euch schon seit drei Tagen.«

Drei Tage? Was meinte der Bulle damit? Nick fühlte Panik in sich hochsteigen. Er wollte den Kopf schütteln, um klarer denken zu können, aber die Bewegung schmerzte zu sehr. »Drei Tage?«

»Ja, drei Tage! Wo zum Teufel wart ihr die ganze Zeit? Wo ist Carla?«

Warum fragten sie das? Sie mussten doch wissen, wo sie war! Nick presste die Hände an seine Schläfen. Plötzlich war die Eisdecke wieder über seinem Kopf. Er bekam keine Luft mehr und begann, wild um sich zu schlagen. Jemand hielt ihn fest und drückte ihn unter Wasser. Nick driftete zurück in die Dunkelheit.

Als er das nächste Mal erwachte, lag er in einem Spitalbett. Neben ihm saß der Polizist aus dem Wagen und las in einer Zeitung. Der Typ musste einen sechsten Sinn haben, denn kaum hatte Nick die Augen aufgeschlagen, faltete er die Zeitung zusammen.

»Wie geht's?«, fragte er.

Bullen saßen nicht einfach so an Spitalbetten. Nicks Magen zog sich zusammen.

»Du warst vollgepumpt bis unter die Schädeldecke. Kannst froh sein, dass du noch lebst.«

»Ich nehme keine Drogen mehr.« Das war ja wohl die dümmste Antwort, die man in so einem Moment geben konnte! Er wich dem Blick des Polizisten aus.

»Dir ist schon klar, dass mich das nicht überzeugt.«

Nick schwieg.

»Ich sage dir, wie ich das sehe. Ihr seid übers Wochenende nach Berlin gefahren und habt euch reingezogen, was ihr auftreiben konntet – muss eine ganze Menge gewesen sein. Die Situation ist außer Kontrolle geraten. Du bist irgendwie wieder zurückgekommen. Was mich interessiert: Ist Carla mit dir gefahren? Oder ist sie noch in Berlin?«

»Berlin?« Nick verstand nicht, wovon der Typ da sprach.

»Wir wissen, dass ihr in Berlin wart. Wir haben in deiner Hosentasche ein Bahnticket nach Berlin gefunden, eine Eintrittskarte für eine Berliner Disco und ein paar Euro.«

»Berlin?«, wiederholte Nick und kam sich im gleichen Moment vor wie ein bescheuerter Papagei. Und warum redete der Bulle von Euros? Nick hatte nur sein bisschen Schweizer Geld, ein paar Franken, mehr nicht.

»Es ist sinnlos, etwas abzustreiten. Wir verlieren nur Zeit damit. Die Eggers machen sich Sorgen um Carla. Sag uns, wo sie ist. Oder wenigstens, wo du sie zurückgelassen hast.«

»Carla?«

»Ja, Carla.« Der Bulle klang ungeduldig. »Ihr wart zusammen in Berlin.«

»Warum Berlin? Wir waren nicht in Berlin. Wir waren tanzen. Was soll das?«

Irgendwas war gewesen, im Streifenwagen. Etwas, das keinen Sinn gemacht hatte. Die Tage. Die Tage hatten nicht gestimmt.

»Welcher Tag ist heute?«, fragte Nick.

»Dienstag. Ihr wart drei Tage lang verschwunden.« Der Polizist schaute ihn prüfend an.

»Das kann nicht sein«, stammelte Nick. Er setzte sich auf und wollte erklären, dass das unmöglich war, doch die hastige Bewegung brachte das Zimmer zum Schaukeln.

»Ich bin nicht in Berlin gewesen«, sagte Nick, als sich das Zimmer nicht mehr bewegte.

»Deine Cousine ist dir wohl egal.«

»Nein. Ist sie nicht.«

»Dann hör auf mir zu erzählen, dass du nicht in Berlin gewesen bist, und sag mir, wo sie ist!«, drängte der Polizist.

»Ich weiß es wirklich nicht.« Nicks Stimme zitterte.

»Überleg dir gut, ob du dabei bleiben willst.« Der Polizist griff nach seiner Jacke, die er auf das Fußende von Nicks Bett gelegt hatte. »Der Doktor hat mir nur zehn Minuten gegeben. Er will dich bis morgen zur Beobachtung hierbehalten. Ich komme dich um acht Uhr abholen. Du wirst eine Aussage machen müssen. Es liegt eine Vermisstenanzeige vor. Soll ich deine Eltern verständigen, damit sie dabei sein können?«

»Warten Sie«, bat Nick. »Sie ist nicht wirklich weg, oder?«

Der Polizist blieb stehen. »Ich hatte gehofft, dass du mir das verraten würdest.« Er sah Nick eindringlich an. »Willst du mir wirklich nichts sagen?«

Nicks Gedanken rasten. Vermisstenanzeige. Wegen Carla. Sie war weg. Verschwunden. Aber es gab nichts, was er dem Bullen erzählen konnte. In seiner Erinnerung klaffte eine riesige Lücke.

Der Polizist öffnete die Tür.

»Ich ...«

»Ja?«

»Nicht meine Eltern!«

»Sonst gibt es nichts, das du loswerden willst?«

Nick senkte den Blick. Wortlos verließ der Polizist das Zimmer. Nick kämpfte gegen aufsteigenden Brechreiz. Was immer er getan hatte, woran er sich nicht erinnern konnte, er hatte ausgerechnet jene Menschen in etwas Schreckliches verwickelt, die ihm versucht hatten zu helfen.

3

Wie ein Paket hatte ihn sein Vater an jenem Abend an der Tür der Familie Egger abgegeben. Klingeln, ein kurzes Übergabeprozedere mit ein paar routiniert vorgebrachten Floskeln und dann der Abgang in Richtung Flughafen. Trotz des herzlichen Empfangs durch seine Gastfamilie fühlte sich Nick beschissen. Er saß am Esstisch, starrte auf den Teller und hoffte, dass niemand bemerkte, wie die Gabel in seiner Hand zitterte.

»Schmeckt's?«, fragte seine Tante. Sie sah ein bisschen aus wie ihre Schwester, Nicks Mutter. Nur die harten Linien um den Mund fehlten und ihre Augen waren freundlich, nicht wie die seiner Mutter, in denen Ablehnung lag, wenn sie ihn ansah.

»Ja«, log er.

Was immer sie sagte, es änderte nichts daran, dass er sich wie ein Fremdkörper vorkam in dieser Familie, die das Pech hatte, mit ihm verwandt zu sein.

»Tut's eigentlich noch weh?« Seine Cousine Carla deutete auf die verheilende Schramme an seinem Kopf. Acht Stiche hatte es gebraucht.

»Nein, ist ganz okay.« Seine Hand stieß gegen das Glas neben seinem Teller. Es kippte und der Orangensaft ergoss sich über den Tisch. Bevor er reagieren konnte, sprang Carla auf, griff nach einem Lappen und reichte ihn Nick.

»Kann vorkommen«, sagte sie. »Was meinst du, wie oft mir das schon passiert ist.«

Unbeholfen und mit rot angelaufenem Gesicht wischte Nick den Saft auf.

Carla setzte sich wieder. »Ich geh heute Abend noch mal schnell weg.« Sie drehte gekonnt die Spaghetti auf ihre Gabel.

»Schnell? Das glaubst du doch selbst nicht«, spottete Finn. »Wie sieht er denn aus?«

Carlas Gabel hing in der Luft, ihre Augen blitzten verschmitzt.

»Tja, Brüderchen, da muss ich dich enttäuschen. Er ist eine Sie. Und nein, sie ist nicht dein Typ.«

»Als ob deine Freundinnen je mein Typ wären!«

»Hey, was willst du damit sagen?« Sie schlug ihm kräftig gegen seinen Oberarm.

»Lass das!«

»Ach komm schon.« Sie lachte. Ein lautes, angenehmes Lachen, das Nick gefiel.

Er stand auf, spülte den Lappen aus und setzte sich wieder hin. Eigentlich schmeckte das Essen ganz gut.

Nach dem Abendessen bat ihn Susanna, noch eine Weile bei ihr in der Küche zu bleiben.

»Willst du etwas trinken?«, fragte sie.

»Nein, danke.« Nick schaute seiner Tante zu, wie sie ruhig und konzentriert die silberne Kaffeemaschine bediente. Verstohlen musterte er ihr Gesicht. War seine Mutter auch einmal schön gewesen?

»Willst du wirklich nichts?« Susanna musste zweimal fragen, bis Nick sie hörte.

»Nein.«

Sie stellte zwei Tassen auf den Tisch und rief nach Martin. »Es ist bestimmt nicht einfach für dich«, sagte Susanna und schaute ihn an.

Nick schwieg. Einfach war es schon lange nicht mehr. Martin kam in die Küche und setzte sich zu ihnen.

»Es ist ein Versuch«, meinte sie.

»Ich weiß«, sagte Nick.

»Wir dachten, es sei das Richtige in dieser Situation.«

Warum sagte sie nicht einfach die Wahrheit? Niemand schlug dem großen Albert Bergamin etwas aus, nicht einmal, wenn es darum ging, seinen Sohn aufzunehmen. Sein Vater hatte die Argumente wie immer auf seiner Seite gehabt. Neuer Anfang. Neue Chance. Für alle besser so. Besonders für Nick. Was daran für die Eggers besser sein sollte, war Nick nicht ganz klar.

Tatsache war, dass Albert Bergamin seinen Sohn elegant abgeschoben hatte, nicht ohne Nick vorher klarzumachen, was er von ihm hielt. Einen nichtsnutzigen Kerl, Junkie, Kriminellen, Abschaum der Gesellschaft hatte er ihn bei seinem einzigen Besuch im Spital genannt. Unwillkürlich legte Nick seine Hand auf den Gips am Arm.

Martin klopfte seine Pfeife aus, steckte sie in den Mund und griff nach den Streichhölzern auf dem Tisch. »Natürlich haben uns deine Eltern auch darum gebeten.«

Natürlich, dachte Nick. Als ob sein Vater das Wort *bitten* überhaupt kannte! »Ihr müsst das nicht tun.«

Kleine Rauchwolken stiegen aus Martins Pfeife. Susanna schaute Nick an. »Wir haben das doch besprochen. Alle waren sich einig. Also lass uns das Beste daraus machen.«

Später führte sie ihn in sein Zimmer. Der kleine Raum unter dem Dach gefiel Nick auf Anhieb, obwohl er nur halb so groß war wie sein Zimmer zu Hause. Ein Bett, ein kleiner hölzerner Tisch, ein Kleiderschrank und ein Bücherregal waren die einzigen Möbelstücke in dem hellen Raum mit den abgeschrägten Wänden.

»Es ist noch ziemlich leer«, sagte Susanna. »Wir haben uns gedacht, dass du es dir mit der Zeit selber einrichten kannst.«

Nick schaute verlegen auf seine Tasche. Er hatte nur ein paar Anziehsachen und seinen iPod mitgebracht.

»Ich lass dich dann mal allein«, sagte Susanna.

Nick öffnete seine Tasche und begann, seine mitgebrachte Kleidung im Schrank zu verstauen. Als er seinen schwarzen Lieblingspullover in ein leeres Fach legte, fiel ihm seine Mutter ein. *Musst du dich immer anziehen, als ob du zu einer Beerdigung gehst?* Schnell schloss Nick den Schrank.

»Kann ich reinkommen?«

Er öffnete die Zimmertür und blickte direkt in die strahlend blauen Augen seiner Cousine.

»Ich dachte mir, dass du vielleicht Gesellschaft brauchen kannst.«

Wie konnten blaue Augen eine solche Wärme ausstrahlen? Er starrte sie an und suchte nach Worten.

»Ich kann auch ein anderes Mal kommen«, meinte sie.

»Wolltest du heute nicht noch weg?«, war das Einzige, das ihm einfiel.

Wortlos schob sie sich an ihm vorbei und setzte sich auf sein Bett.

»Ich finde es gut, dass du jetzt bei uns wohnst.«

»Mmm«, murmelte er.

»Alles in Ordnung bei dir?«, fragte sie.

»Klar.« Er setzte sich auf den Tisch, bemüht darum, so lässig und teilnahmslos wie möglich zu wirken.

»Brauchst mich nicht anzulügen.«

Er zuckte zusammen.

»Musst aber nichts sagen, wenn du nicht willst.«

»Bist du immer so?«, fragte er.

»Wie, *so*?«

»Na, so direkt.«

»Eigentlich schon. Finn sagt, das nervt.« Sie grinste. »Und du?«, fragte sie.

»Ich? Ich lüge immer.«

»Hab ich mir fast gedacht.« Nun lachte sie.

»Na ja, bei dir könnte ich eine Ausnahme machen.« Es war ihm einfach so herausgerutscht, aber er meinte es ernst.

»Oh, da hab ich aber Glück. Ich steh nicht so auf Lügner.« Sie schlug sich mit der Hand gegen die Stirn. »Mist, tut mir leid. Das war wohl ein bisschen zu direkt.«

»Passt schon.« Er drehte ihr verlegen den Rücken zu.

Sie stand auf. »Also, dann geh ich jetzt kurz weg. Willst du mitkommen?«

»Besser nicht«, sagte Nick.

»Na dann«, meinte sie, »ich seh dich morgen.«

Susannas Augen waren vom Weinen gerötet, Martins Gesicht wirkte alt und grau. Die beiden standen neben seinem Bett und schauten ihn an wie einen Fremden.

»Warum, Nick? Warum? Was hast du mit Carla gemacht?«, fragte Susanna.

Wie konnte er ihr antworten? Er hatte keine Ahnung, was passiert war.

»Ist sie wirklich weg?«

Sie schlang die Arme eng um ihre Schultern, als wäre ihr kalt. »Das weißt du doch«, sagte sie.

»Nein!«

Das war es ja. Niemand sagte ihm irgendwas. Weder der Bulle noch die Krankenschwestern noch der Arzt, der ihn untersucht hatte.

»Du bist am Freitagabend mit ihr weggegangen. Ihr wart spurlos verschwunden, bis sie dich heute bei der Bahnhofsunterführung gefunden haben. Allein. Was hast du mit ihr gemacht?« Martin drückte ihn aufs Bett und sah ihm in die Augen, als erwarte er, dort die Antwort auf seine Fragen zu finden.

Nick hätte am liebsten geschrien. Er musste etwas sagen, sonst würde er losheulen.

»Die Polizei war hier.«

»Ja«, sagte Martin. Seine Stimme klang hart und kalt. »Wir haben eine Vermisstenanzeige aufgegeben.«

»Warum?«

»Was denkst du denn?«, fuhr ihn Martin an. »Drei Tage lang hatten wir kein Lebenszeichen von euch. Drei Tage, hörst du?«

Ja, Nick hörte es. Aber er schaffte es einfach nicht, das alles einzuordnen. Martins Finger gruben sich tief in seine Oberarme. Nick stöhnte auf.

»Fällt dir nichts anderes ein, als saublöde Fragen zu stellen?« Martin schluchzte auf. »Wo ist sie? Sag schon.«

Er hob seine Hand und Nick glaubte, er würde ihn schlagen.

»Wir sind krank vor Sorge! Kannst du dir vorstellen, wie das für uns ist? Hast du auch nur die leiseste Ahnung, durch welche Hölle wir gehen?«

Und ob Nick sich das vorstellen konnte! Das Tor zu seiner eigenen Hölle stand weit offen. Noch nie in seinem Leben hatte er solche Angst gehabt.

»Wir haben dir vertraut«, sagte Martin. »Sag uns endlich, wo sie ist.«

»Ich bin nicht ... ich habe nicht ...«

»Nein, keine Ausreden, Nick! Wir haben auf dem Computer in Susannas Laden nachgeschaut. Du hast Informationen über Berlin heruntergeladen.«

Nicks Kopf dröhnte. Martin nahm Susanna bei der Hand.

»Du bist wirklich ein guter Schauspieler«, sagte er.

»Hast du dir auch nur ein Mal überlegt, was du uns antust?«

Nick schaute Susanna an. Ob sie auch so dachte wie Martin?

»Wo ist Carla?«, fragte sie.

»Ich weiß es nicht.«

Ihre Augen füllten sich mit Tränen. Martin legte seinen Arm um ihre Schultern.

»Wir haben mit Frau Sulser vom Jugendamt gesprochen«, sagte er. »Wir wollen nicht, dass du zu uns zurückkommst. Das Jugendamt und die Polizei werden alles Nötige regeln.«

5

So schnell ging das. Mit einem Schlag galten die Versprechen nicht mehr. Dabei war es Susanna gewesen, die gesagt hatte: »Wir packen das schon.« An seinem ersten Morgen bei Eggers.

Die Müllabfuhr hatte ihn aufgeweckt und weil er nicht recht wusste, was er nun tun sollte, blieb er liegen, starrte an die Decke und dachte über sein neues Zuhause nach. Susanna und Martin waren in Ordnung. Ein bisschen zu nett und zu verständnisvoll vielleicht. Das würde nicht lange so bleiben. Es war nur eine Frage der Zeit, bis er irgendwas verbockte. Garantiert. Erst dann würde sich zeigen, wie sie wirklich drauf waren.

Er dachte an Carla und musste grinsen. Ganz schön cool, seine Cousine. Bei Finn war er sich nicht sicher. Er wich ihm aus. Aber vielleicht bildete sich Nick das auch nur ein.

Aus der Küche hörte er das Klappern von Geschirr.

Komm schon, sagte er sich. *Zeit, dich in dein neues Leben zu stürzen.*

Susanna räumte Teller und Tassen in die Spülmaschine.
»Guten Morgen! Lust auf Frühstück?«, fragte sie.
Er rieb sich die Augen und setzte sich an den Tisch.
»Ja, eine kalte Milch.«
Susanna goss ihm ein Glas Milch ein und ließ für sich einen Kaffee aus der Maschine. Sie setzte sich zu ihm und strich sich ein Brot.
»Carla findet es gut, dass ich hier bin. Hat sie gesagt.«
»Und du?«, fragte Susanna.
»Ich?« Nick nahm das Glas in beide Hände. »Weiß nicht. Ich bin nicht sicher, ob es eine gute Idee ist.«
»Warum nicht?«
Er zögerte einen Moment. Dann entschied er sich, am besten von Anfang an reinen Tisch zu machen.
»Na, wo ich bin, sind meistens auch Probleme.«
»Ach, Probleme sind überall«, sagte Susanna. »Wir packen das schon.«
»Cool«, antwortete er und kam sich ziemlich idiotisch vor. *Cool.* Wie bescheuert das klang.
Susanna biss von ihrem Brot ab, griff nach ihrer Tasse und sah ihn an. Nick wünschte, sie würde etwas sagen, aber sie schwieg. *Ich will es wirklich versuchen*, wollte er ihr sagen, aber er traute sich nicht. Laut ausgesprochen wäre es ein Versprechen und davon hatte er zu viele gebrochen.
»Cool?«, fragte sie ihn nach einer Ewigkeit.
»Gilt dein Angebot noch? Dass ich dir im Laden helfen darf?«, wechselte er schnell das Thema.
»Aber sicher gilt das noch! Wir öffnen um halb zehn. Willst du noch duschen?«
»Gerne. Hast du eine Plastiktüte oder so? Der Gips darf nicht nass werden.«

Susanna öffnete eine Schublade und wühlte darin herum.

»So was?«, fragte sie und streckte ihm einen Gefrierbeutel entgegen.

»Sollte reichen, ja.«

»Brauchst du Hilfe?«

»Nein, geht schon.«

Nick schloss die Badezimmertür hinter sich, zog sich aus und wickelte den Plastikbeutel um seinen Gips. Eine Woche musste er ihn noch tragen. In der fünften Klasse hatte er sich beim Skifahren das Bein gebrochen. Damals hatten seine Freunde ihre Namen auf seinen Gips gekritzelt, Andrea hatte eine große, lachende Sonne daraufgezeichnet und der vorwitzige Oliver hatte Pamela Anderson gemalt; zumindest hatte er das behauptet, obwohl man sie nicht erkennen konnte. Nick erinnerte sich, wie stolz er damals gewesen war und dass er es fast ein bisschen bedauert hatte, als der Gips abgenommen wurde. Diesmal war es anders. Es gab keine Freunde mehr, die ihn besuchten, der Gips an seinem Arm war grau, nicht weiß, und niemand hatte etwas daraufgeschrieben, nicht einmal er. Die einzigen Menschen, die Nick nach dem Unfall zu Gesicht bekommen hatte, waren Polizeibeamte und Frau Sulser vom Jugendamt, eine schrecklich nervöse Frau, die versuchte, es allen recht zu machen.

Nachdem er ausgiebig geduscht hatte, musterte er sich im Spiegel.

Lass dich darauf ein. Versuch ein Mal in deinem Leben, keine Scheiße zu bauen.

Er holte tief Luft und lief die Treppe hinunter. Susanna wartete bereits auf ihn.

Sie führte einen Buchladen nicht weit vom Zentrum. Staunend betrachtete Nick die unzähligen Bücher, die sich auf Gestellen und Tischen stapelten. Wie konnte sich hier jemand zurechtfinden?

»Du fragst dich bestimmt, wie ich in diesem Chaos klarkomme, nicht wahr?«, fragte Susanna.

Er musste lachen. »Ja«, sagte er. »Kannst du Gedanken lesen?«

»Nein, das nicht, aber Gesichtsausdrücke.«

Nun lachten sie beide.

»Ich habe einfach zu wenig Platz«, seufzte Susanna. »Aber vielleicht hast du eine Idee, wie wir das besser hinkriegen.«

»Keine Sorge, darin bin ich Spezialist«, antwortete er. Sie schaute ihn fragend an, aber er ließ es dabei bewenden. Vielleicht würde er ihr später von den dämlichen Internaten erzählen, in denen auf spartanisch gemacht wurde. Wo die Zimmer kleiner waren als Besenkammern. Aber die waren immer noch besser als rappelvolle Schlafsäle. Solche kannte er nämlich auch. Da wurde man Weltmeister darin, seinen Krempel auf kleinstem Raum unterzubringen.

»Na ja, ich bin ziemlich gut im Zusammenstopfen«, erklärte er.

»Ich hatte eigentlich nicht an stopfen gedacht«, antwortete sie, »stopfen kann ich auch, wie du siehst. Hat der Spezialist keine professionellere Idee?«

Die Ladenglocke klingelte. »Kannst du dir etwas überlegen?«, fragte Susanna und begrüßte dann die erste Kundin des Tages.

Während sich Susanna angeregt mit der Frau unterhielt, schlenderte Nick durch ihren Laden. In einer Ecke entdeckte er zwei Kisten mit Comics. Er griff sich einen und öffnete ihn. »Na, gefällt er dir?«, fragte ihn die Frau. Sie lächelte ihn an. Nick fühlte sich ertappt. Schnell schloss er das Heft.

»Wie sieht's aus?«, fragte Susanna gegen Mittag. »Hunger? Finn und Carla kommen heute nicht nach Hause. Komm, ich lade dich ein.«

»Dein Laden gefällt mir«, sagte Nick, als sie in Susannas Lieblingsrestaurant saßen.

»Ich mag ihn auch«, antwortete Susanna, »obwohl er mir manchmal den letzten Nerv raubt.«

Sie seufzte, dann schwiegen sie.

»Warum ist meine Mutter so anders als du?« Den ganzen Morgen hatte Nick immer wieder zu Susanna hinübergesehen und sich gefragt, ob sie wirklich die Schwester seiner Mutter war. *Das kann nicht sein*, hatte er gedacht. Susanna, so zufrieden, warm, geduldig. Und seine Mutter? Vergiss es. Aber statt es zu vergessen, hatte sich die Frage selbstständig gemacht und jetzt lag sie da, zwischen ihnen, bleischwer.

»Na ja, sie hat es nicht leicht«, begann Susanna.

»Nein, nicht diese Antwort. Die kenne ich schon!«

Susanna griff nach ihrem Glas. »Du willst es wirklich wissen, nicht wahr?«

»Ja.«

»Sie war immer anders«, sagte sie. »Schon als kleines Mädchen hatte sie das Gefühl, ich würde ihr vorgezogen. Sie hatte Pech und ich hatte Glück. So sah sie das. Ich war das gute Mädchen und sie das böse.«

»Und? War es so?«, fragte Nick.

Susanna schüttelte den Kopf. »Nein. Aber sie legte es wirklich darauf an, es sich und uns so schwer wie möglich zu machen.«

Genau wie ich, dachte Nick. »Einmal schlecht, immer schlecht, nicht wahr?« Seine Stimme brach und er presste die Lippen zusammen.

»Das sagt doch niemand. Ich glaube, deine Mutter mag sich selbst nicht. Und darum denkt sie, dass auch niemand sie mag. Weiß der Himmel warum. Nur einmal, als sie deinen Vater kennen lernte, war das anders. Doch dann ist vieles nicht so gekommen, wie sie sich das wohl gewünscht hat. Das ist nicht deine Schuld.«

Warum sieht sie mich dann immer so an, als sei ich der Grund, warum in ihrem Leben alles schiefläuft?, fragte sich Nick. Plötzlich hatte er das Gefühl, keine Sekunde mehr hier sitzen zu können. Schnell stand er auf.

»Entschuldige«, sagte er tonlos, »ich habe keinen Hunger mehr.« Ohne Erklärung verließ er das Restaurant. Erst vor der Tür traute er sich einzuatmen. Eine Scheißidee, seine Tante so was zu fragen! Er brauchte dringend eine Zigarette. Den vertrauten Geschmack kosten, nichts denken, einfach den Rauch einziehen, ganz tief, und dann langsam ausatmen. Er zündete sich eine Zigarette an und lief los. Aber die Gedanken ließen sich nicht abschütteln. Versager. Zu nichts zu gebrauchen. Erst flog er aus einer Schule nach der anderen und dann aus seiner Familie. Er erinnerte sich an Susannas Worte beim Frühstück. *Wir packen das schon.*

»Na, steigst du nun ein oder nicht?«, riss ihn eine ärgerliche Stimme aus seinen Gedanken. Verwirrt schaute Nick auf. Wenige Meter vor ihm stand ein Bus. Ein dicker Kerl, der sich aus der Tür lehnte, winkte ungeduldig mit der Hand.

»Der Fahrer lässt fragen, ob du eine spezielle Einladung brauchst.«

Steig ein, das wird nie was!, schoss es Nick durch den Kopf. Er warf die Kippe auf den Boden, trat sie aus und wollte einsteigen. Aber er zögerte. Nur für einen Augenblick. Einen Augenblick zu lange; der Bus fuhr ohne ihn ab. Er sah ihm hinterher und zuckte mit den Schultern. Abhauen konnte er immer noch.

Vielleicht wäre es für alle besser gewesen, er hätte damals den Bus genommen. Nick lachte bitter auf.

»Was ist denn so lustig?«

Er hatte die Krankenschwester nicht ins Zimmer kommen hören. Ihr Gesichtsausdruck verriet ihm deutlich, was sie von ihm hielt.

»Nichts«, sagte er schnell.

Der Polizist tauchte am nächsten Morgen pünktlich um acht Uhr in Begleitung eines Arztes auf. Er stellte eine Tasche auf den Stuhl neben Nicks Bett und kam gleich zur Sache.

»Ich will ihn mitnehmen«, sagte er zum Arzt, ohne Nick auch nur anzusehen.

»Und ich habe Ihnen gesagt, dass ich ihn lieber noch einen weiteren Tag zur Beobachtung hierbehalten würde«, meinte der Arzt.

»Wir haben genug Zeit verloren. Sagen Sie mir einfach, ob es geht oder nicht.«

»Es sollte gehen, aber ...«

»Das muss reichen«, unterbrach ihn der Polizist.

»Sie könnten ihn hier befragen.«

»Nein.«

Der Polizist öffnete die mitgebrachte Tasche und zog ein paar Kleider heraus. Unterwäsche und Socken zuerst, dann ein Paar Jeans, ein T-Shirt und einen Pullover. Den schwarzen, den seine Mutter nicht ausstehen konnte. Der Bulle musste die Sachen bei Eggers geholt haben. Nick verdrängte den Gedanken an sie. Ein paar gute Wochen in seinem Leben. Die Hoffnung auf eine Zukunft. Und die riesengroße Enttäuschung darüber, wie schnell sie ihn verurteilten und aufgaben. *Glaub mir, wir kommen schon klar mit dir*, hatte Susanna gesagt. Nein, er wollte nicht mehr an die Eggers denken!

»Anziehen!«, befahl der Polizist.

Nach den Sachen, die er angehabt hatte, als sie ihn eingeliefert hatten, fragte Nick nicht. Er kannte die Antwort. Sie waren bestimmt in einem Labor, wo sie gründlich untersucht wurden. Er hatte Angst vor der Auswertung. Wenn es Tickets gab und Internetseiten, dann würden sie auch auf seiner Kleidung etwas finden.

Auf der kurzen Fahrt zur Polizeistation schwieg der Polizist. Nick musterte ihn von der Seite. Irgendwie sah er nicht aus wie ein typischer Bulle, aber das hieß noch überhaupt nichts. Genau diese Sorte erwies sich oft als die härteste. Vielleicht war das sogar gut. Wenn jemand Carla finden konnte, dann so einer.

Der Polizist führte ihn in ein enges Büro, stellte wortlos einen Stuhl vor Nick hin und deutete ihm, sich zu setzen.

»Ich bin Josef Caduff«, stellte er sich endlich vor. »Du bist ja nicht zum ersten Mal bei der Polizei. Das spart uns eine Menge Fragen.«

Er legte eine Akte auf den Tisch und musterte Nick. »Willst du ein Glas Wasser? Du siehst nicht gut aus.«

Im Spital hatte er den harten Kerl rausgehängt und jetzt spielte er den Gutmütigen. Nick kannte solche Spiele. Früher hatte er manchmal mitgespielt und es öfters geschafft, sein Gegenüber zu ärgern, aber jetzt ging es um Carla.

»Fangen Sie an«, sagte er. Caduff zuckte mit den Schultern und tippte etwas in seinen PC. Dann fragte er nach Nicks Personalien. Während sie das langwierige Prozedere durchgingen, sah sich Nick im Raum um. Auf dem Schreibtisch stapelten sich Ordner, Klarsichthüllen und loses Papier, zwischen PC und Tastatur stand eine schmutzige Tasse, in der Zimmerecke verdorrte einsam eine Pflanze. Keine Bilder an der Wand oder auf dem Tisch, nichts Persönliches.

»Wie soll ich dich anreden? Nicolas oder Nick?«, erkundigte sich Caduff, bevor er mit der eigentlichen Befragung begann.

»Mir doch egal.« War es eigentlich nicht. Nur seine Eltern nannten ihn Nicolas. Nick hasste es, wenn man ihn so ansprach, aber die Absicht des Bullen war zu offensichtlich.

Caduff schaute ihn an. »Ich werde dich befragen, so oder so. Wir können es uns einfach oder schwer machen. Ich bin für die einfache Variante. Es geht um deine Cousine und ich weiß, dass dir ihr Verschwinden nicht egal ist.«

Schweigend starrte Nick auf den Schreibtisch.

»Nick, wann hast du Carla Egger zum letzten Mal gesehen?«

»Am Freitagabend.« Er sah Carla vor sich, wie sie ihm auf der Tanzfläche zulachte, und konnte nicht weitersprechen.

»Geht es etwas genauer?«, fragte Caduff.

»Wir sind ins *Zoom* gegangen. So um halb zehn. Haben was getrunken und getanzt. Plötzlich ist mir übel geworden und Carla hat mich nach draußen gebracht.«

»Und dann?«
»Dann bin ich weggetreten.«
»Warum? Hast du schon im *Zoom* Drogen konsumiert?«
»Nein. Ich habe nur ein Bier getrunken.«
Caduffs Blick verriet, dass er ihm nicht glaubte.
»Woran kannst du dich erinnern?«
»Nur an einen Trip. Ich war auf Drogen.«
»Weißt du, was für Drogen das waren?«
Nick erinnerte sich an gefrorenes Wasser, an das Gefühl zu ersticken.
»Nein. Ich habe so etwas noch nie erlebt.«
Bedächtig zog Caduff ein Blatt aus der Akte, legte seine Hand ans Kinn und überflog die Informationen auf dem Papier.
»Wann hast du die Tickets nach Berlin gekauft?«
»Was?«
»Eine einfache Frage, Nick. Noch einmal. Wann hast du die Tickets nach Berlin gekauft?«
»Ich habe gar keine Tickets gekauft.«
»Wo seid ihr in Berlin abgestiegen?«
Hörte der Typ schlecht?
»Ich war nicht in Berlin.«
»Das glaube ich dir nicht. Es gibt eindeutige Beweise dafür, dass du dort warst.«
Das hier war ein Albtraum. »Ich war nicht in Berlin«, wiederholte Nick. »Ich kann nicht dort gewesen sein. Ich meine, ich müsste doch wissen, dass ich die Tickets gekauft habe!«
Caduff ging nicht auf seinen Einwand ein. »Warst du früher schon mal in Berlin?«

Das Nachdenken fiel Nick schwer.

»Ja«, sagte er, »als Kind. Mit meinen Eltern.«

»Du wohnst im Moment nicht bei deinen Eltern, ist das richtig?«

Das weißt du doch, dachte Nick. Er zwang sich, die Frage ruhig zu beantworten. »Nein, ich wohne bei meinem Onkel und meiner Tante.«

»Carlas Eltern?«

»Ja, Carlas Eltern.«

Nick merkte, dass er immer lauter geworden war. Die letzten Worte hatte er geschrien.

»Und jetzt?«

»Ich weiß nicht.«

»Haben dir die Eggers nichts gesagt?«

»Doch.« Nick presste seine Lippen zusammen.

»Das Jugendamt hätte dich gerne sofort in ein Heim eingewiesen, nach all dem, was passiert ist, doch wir brauchen dich hier, bis die Sache geklärt ist. Das bedeutet, dass wir dich wieder in die elterliche Obhut übergeben werden.«

Nick schloss die Augen.

»Hast du mich verstanden? Du wohnst die nächste Zeit wieder zu Hause.«

Ja, er hatte verstanden. Während Caduff auf die Akte schaute, wischte sich Nick schnell die Tränen aus den Augen.

»Hast du eine Ahnung, warum dich die Eggers nicht mehr bei sich haben wollen? Sie könnten dir auch vertrauen und dir glauben.«

Diese Frage hatte Nick fast die ganze Nacht wach gehalten. Es tat weh, darüber nachzudenken, darüber reden wollte er schon gar nicht. Abgesehen von der blöden Prügelei war es doch gar nicht schlecht gelaufen!

»Zeit für eine kurze Pause«, sagte Caduff. Sein Stuhl machte ein quietschendes Geräusch, als er ihn nach hinten schob. »Bin gleich wieder da.«

7

Die Prügelei. Die wäre gar nicht passiert, wenn Nick nicht diesen Arzttermin in Chur gehabt hätte. Die Bewährungsprobe, wie Martin es genannt hatte. Nick hatte sie gründlich versiebt.

Er arbeitete in Susannas Laden. Nach langem Überlegen hatte er ihr den Vorschlag gemacht, die Holzregale bunt anzumalen. Verschiedene Farben für verschiedene Themenbereiche. Nicht unbedingt eine weltbewegende Idee, aber sie hatte begeistert reagiert und ihn gleich in ein Malergeschäft geschleift, wo sie zusammen die Farben aussuchten. Nun stand er in ihrem kleinen Büro und strich ein Gestell nach dem anderen. Er mochte den Geruch der Farben, die Ruhe, die ihn bei der Arbeit überkam, und Susannas zufriedenen Gesichtsausdruck, wenn sie ins Büro schaute. Mit gleichmäßigen Bewegungen führte er den Pinsel über das Holz und hatte zum ersten Mal das Gefühl, dass er sich an dieses neue Leben gewöhnen könnte. Als die ersten drei Regale in frischen Farben glänzten, kam Susanna ins Büro, nahm ihm den Pinsel aus der Hand und malte ein lachendes Gesicht auf seinen Gips.

Am gleichen Tag meldete sich die Praxis seines Hausarztes. Doktor Jung wollte Nick zu einem Kontrollbesuch sehen und bei dieser Gelegenheit auch den Gips entfernen.
»Das ist deine erste Bewährungsprobe«, meinte Martin nach dem Abendessen. »Du fährst übermorgen allein nach Chur. Pass gut auf dich auf.« Er sagte es so, als sei Chur ein gefährlicher Ort und keine langweilige Kleinstadt und Nick ein kleiner Junge, der zum ersten Mal alleine mit der Bahn fuhr. Nick versteckte seine Gereiztheit hinter einem Lächeln. Martins Art war nicht sein Ding. Ehrlich gesagt, manchmal nervte er ganz schön.

Nick lief die Churer Bahnhofstraße hoch, eine dieser ewig gleichen Einkaufsmeilen, gesäumt von Kleiderketten und Warenhäusern. Sein Revier war die Altstadt gewesen mit ihren verwinkelten Gassen, wo er mit seinen Kumpels abhängen oder einen draufmachen konnte. Er schaute auf das lachende Gesicht auf seinem Gips. Wie ein Versprechen sah es aus. Und jetzt kam es weg.
In Gedanken versunken bahnte er sich seinen Weg durch ein Heer von gestresst wirkenden Hausfrauen, langsam dahinschlurfenden Rentnern auf der Suche nach ein wenig Gesellschaft und Jugendlichen, die sich in Gruppen auf dem Gehsteig breitmachten und so cool taten, wie sie nie werden würden. Plötzlich trat eine Gestalt aus einem Hauseingang, kam auf ihn zu und klopfte ihm auf die Schulter.
»Mann, Nick, bist du das?«
Nick hätte ihn beinahe nicht erkannt.
»Hey, Mike.«
Mike war ein früherer Mitschüler. Vor allem aber sein

ehemaliger Drogenlieferant. Ein mieser kleiner Dealer, der sich den Großteil seines Stoffs selber reinzog. Er sah noch schlechter aus als das letzte Mal. Dünn, mit glasigen Augen und fettigem Haar stellte er sich vor Nick hin.

»Willst du was? Es gibt da was ganz Neues auf dem Markt. Krasser Stoff. Haut voll rein.«

Nick schüttelte den Kopf.

»Das glaub ich nicht«, sagte Mike, »du willst echt keinen Stoff? Geht's dir nicht gut? Hab gehört, du hast Scheiße gebaut.«

Nick wollte weitergehen, aber Mike ließ sich nicht so leicht abschütteln.

»Mann, was soll das?« Mike hielt Nick am Ärmel zurück. »Du wirst doch wohl Zeit für deinen alten Kumpel haben. Ich mach dir auch einen Spezialpreis. Weil du es bist.«

»Keinen Bock!«

»Keinen Bock? Ha! Kauf ich dir nicht ab. Die haben dich kleingekriegt, die haben tatsächlich den großen Nick kleingekriegt!« Ein unverschämtes Grinsen zog über sein Gesicht. Nick stieß Mike beiseite und lief weiter. Doch der nervöse Junkie tänzelte neben ihm her, kramte in seinen Taschen und zog eine kleine Plastiktüte heraus.

»Verzieh dich!«, zischte Nick. Er schaute sich um, aber er sah, wie die Passanten ihre Blicke von ihnen abwandten, als ob es nicht geben würde, was sie nicht sehen wollten.

»Hey, wer wird denn gleich so unfreundlich werden? Warst schließlich mal einer meiner besten Kunden. Und ich hab dich nie verpfiffen. Sieh dir die Ware wenigstens an!«

Nick blieb stehen.

»Jetzt hör mal zu«, sagte er und blickte Mike direkt in die Augen, »ich bin runter von dem Zeug, ja? Also verpiss dich!«

Mike schüttelte den Kopf. »Mann, du bist so was von kaputt!«

Nick ließ ihn stehen und ging wortlos weiter.

Sein Hausarzt Doktor Jung war wenig erfreut, ihn zu sehen.

»Da wird eine Narbe bleiben. Lässt sich nicht vermeiden«, brummte er, während er über die verheilte Wunde auf der Stirn fuhr. Dann machte er sich schweigend daran, den Gips zu entfernen. Er arbeitete schnell und grob. Nick beschwerte sich nicht. Er nahm dem Mann seine raue Art nicht übel. Der Doc hatte ihn in jener Nacht aus dem Wagen gezogen und dabei hatte Nick ihm auf seine teuren Schuhe gekotzt. *Berufsrisiko*, dachte sich Nick. Der arme Kerl war der Familienarzt der Bergamins. Am falschen Ort zur falschen Zeit. Wenigstens war es nicht sein Wagen gewesen, den Nick zu Schrott gefahren hatte, sondern der des Direktors der Bündner Kantonalbank.

Der Gips war weg. Nicks Bedarf an Chur war mehr als gedeckt. Er nahm die nächste Bahn zurück nach Buchs und war froh, wieder in Susannas Laden zu sein.

Nach dem Essen wollte sich Nick in sein Zimmer zurückziehen, aber Martin bat ihn, sich zu ihm ins Wohnzimmer zu setzen.

»Ist alles gut gegangen heute?«, begann sein Onkel das Gespräch.

»Klar«, sagte Nick.

»Gut.« Martin nickte bedächtig und zündete sich seine Pfeife an. Ein süßer Geruch erfüllte den Raum. »Und, gefällt es dir in Susannas Krämerladen?«

Nick blies eine Haarsträhne aus seinem Gesicht. Im letzten Moment verkniff er sich eine zynische Antwort und murmelte ein einigermaßen anständiges *Ja*.

Er hörte, wie Carla fröhlich »Tschüss« in Richtung Wohnzimmer rief und dann schwungvoll die Haustür hinter sich zuschlug.

»Du kannst jederzeit zu mir oder Susanna kommen, wenn du ein Problem hast.«

Nick hob den Kopf und schaute seinen Onkel an.

»Danke.« Das sagte man wohl nach so einem Angebot.

Er saß noch eine Weile mit Martin im Wohnzimmer, bis er das Gefühl hatte, lange genug ausgeharrt zu haben, um nicht unhöflich zu erscheinen.

In seinem Innern brodelte es, als er langsam die Treppe hinaufging, doch er unterdrückte den Drang, die Stufen hochzustürmen, seine Zimmertür zuzuschlagen und etwas gegen die Wand zu werfen. *Cool bleiben*, befahl er sich, *einfach cool bleiben!* Verdammt. Er brauchte weder einen Babysitter noch einen Psychiater! Seine Hände ballten sich zu Fäusten, er vergrub sie unter seinen verschränkten Armen und wippte mit dem Oberkörper vor und zurück, bis er sich wieder unter Kontrolle hatte. Immer noch angespannt öffnete er das Fenster. Ganz in der Nähe hatte jemand die Musik viel zu laut aufgedreht, er hörte eine Frau lachen, irgendein Idiot ließ seinen Automotor aufheulen. Da draußen war das Leben, das richtige Leben. Sein Zimmer kam ihm vor wie eine Gefängniszelle, deren Wände unaufhaltsam zusammenrückten. Er musste raus.

Bevor er ins Wohnzimmer trat, holte er tief Luft und zählte langsam bis drei. »Ich geh noch kurz weg. Ist das in Ordnung?«

Martin schaute ihn eine Ewigkeit lang über den Rand seiner Brille an. »Wir haben eine Abmachung, Nick. Denk daran.«

»Kein Problem«, entgegnete Nick.

Die Abmachung. Sie war ein Teil der Auflagen vom Jugendamt. Er bekam eine letzte Chance und damit ihm das auch klar war, waren Regeln aufgestellt worden.

»Das ist ganz wichtig«, hatte Frau Sulser erklärt. Das Wort *Heimaufenthalt* hatte sie auch fallen lassen, um ihm deutlich bewusst zu machen, dass die Lage ernst war. Wenn er jetzt irgendwas verbockte, war die Sache gelaufen.

»Um elf Uhr bist du zu Hause«, sagte Susanna.

»Geht klar«, versprach er.

Aufatmend zog Nick die Haustür hinter sich zu, zündete eine Zigarette an und ging los. Langsam und ohne Ziel schlenderte er durch die leeren Straßen. Buchs war ein Kaff. Tiefste Provinz, öd und eintönig wie die Wüste Gobi. Vor allem nachts. Das war keine Stadt, das war ein schlechter Witz. Nick warf die Kippe auf den Boden und trat sie aus. Vor zwei Jahren hatte er sich wegen einer ziemlich üblen Geschichte für eine Weile nicht in Chur blicken lassen können und war ein paar Mal in Buchs ausgegangen. Auch damals war nicht viel los gewesen, aber er hatte ein Mädchen kennen gelernt. Kristen. Er machte sich zum Deppen, um sie für sich zu gewinnen. Sie ließ ihn abblitzen. Stellte klar, dass sie ihn für ein arrogantes Arschloch hielt. In seinem Frust hatte er das Motorrad ihres Freundes in einem Kanal versenkt und sich dann von Buchs ferngehalten.

Nick zog eine neue Zigarette aus der Schachtel. Kristen. Wer brauchte schon eine Kristen? Es gab jede Menge anderer Mädchen. Doch die Erinnerung an sie trieb ihn zur alten Fabrik. Sie stand noch, war sogar weiter ausgebaut worden. Auch das *Zoom* war noch da, von Weitem erkennbar am grellen Neonschriftzug. Zögernd näherte sich Nick dem Lokal, unsicher, ob es wirklich eine gute Idee war, sich hier blicken zu lassen.

Er sah vor dem Eingang ein paar Typen in Lederjacken und blieb stehen. Das versenkte Motorrad fiel ihm ein. Er wollte keinen Ärger und drehte um. Was hatte Carla gesagt, wo sie hinging? Ihm fiel ein, dass sie vor ein paar Tagen das *Manhattan* erwähnt hatte, die Disco beim Bahnhof. Versuchen konnte er es ja.

Ein drei Jahre alter Sommerhit dröhnte ihm entgegen, als er dort ankam. Ein paar verirrte Seelen hingen an der Bar, ansonsten war der Raum leer und roch nach abgestandenem Rauch. Das hier war schlimmer als Hintertimbuktu an einem schlechten Tag. Nichts wie weg!

Die Motorradtypen waren aus dem Nichts aufgetaucht. Sie standen da, eine breite Front, an der es kein Vorbeikommen gab. Ärger war das Letzte, das Nick jetzt brauchen konnte. Er versuchte das Unmögliche, zog den Kopf ein, steckte die Hände in die Hosentaschen und ging direkt auf die Gruppe zu. Wenn er viel Glück hatte, wollten ihn die Typen nur einschüchtern. Aber heute war definitiv nicht sein Glückstag. Ein großer Kerl in einer schwarzen Lederjacke baute sich vor ihm auf.

»Du kleiner Wichser! Kennst du mich noch?«

»Sollte ich?«, fragte Nick. Natürlich kannte er den Typen. Das war Kristens Freund. Damals.

»Ja, solltest du! Man vergisst niemanden, dessen Motorrad man verschrottet hat.« Lederjacke machte einen Schritt auf Nick zu und stellte sich bedrohlich nahe vor ihn hin. »Stundenlang habe ich daran gearbeitet. Und dein Alter meinte, es sei alles in Ordnung, wenn er mir ein neues kauft. Aber so einfach ist das nicht, verstehst du?«

Nick schenkte sich die Antwort auf diese Frage. Es war sinnlos. Lederjacke wollte Rache.

Die Typen hatten einen engen Kreis um ihn gebildet.

»Hey, lass gut sein. Ist doch schon lange gegessen«, versuchte er es.

»Nein, ich lass es nicht gut sein.«

Nick sah sich um. Dicht gedrängt standen die Typen da. Mitten unter ihnen entdeckte er Finn, der ihn genauso grimmig ansah wie die anderen.

»Finn, kannst du dem Typen mal erklären, dass ich keinen Bock auf eine Prügelei habe?«

Finn zuckte mit den Schultern. Von ihm konnte Nick keine Unterstützung erwarten.

»Ach sieh an! Keine Lust? Glaubst du wirklich, es ginge hier darum, was du willst?«, fragte Lederjacke höhnisch.

Nick hatte Angst vor den Konsequenzen, aber da war noch ein anderes Gefühl; die Erinnerung an den Kick vor einer Schlägerei, dieses Kribbeln, bevor es losgeht. Er versuchte, ruhig zu bleiben.

»Hab meinen Arm gerade aus dem Gips raus und einfach keine Lust, ihn gleich wieder eingipsen zu müssen.«
Lederjacke lachte. »Okay, Feigling. Wir wollen mal großzügig sein und deine Arme schonen. Aber nur die Arme, Jungs. Verstanden?«
Das war das Startsignal. Nick versuchte gar nicht erst zu entkommen. Er war vorbereitet, dennoch überraschte ihn die Wucht des ersten Schlages. Er taumelte zurück und prallte gegen einen anderen Kerl, der ihn grob weiterschubste. In wenigen Sekunden wurde Nick zum Punchingball. Immer härter trafen ihn die Schläge. Er schlug zurück, doch er hatte keine Chance. Nach kurzer Zeit lag er am Boden, begraben unter zwei der Typen. Sein frisch verheilter Arm schmerzte, aber Nick gab keinen Ton von sich.
»So, und jetzt zeig ich dir mal, wie sich mein Motorrad gefühlt hat«, zischte ihm Lederjacke ins Ohr. Zusammen mit einem Kumpel zerrte er Nick hoch und zog ihn über die Straße, mitten auf den Verkehrskreisel, zum Brunnen mit den Wasserfontänen. Der Rest der Clique folgte ihnen.
»Rein mit ihm«, befahl Kristens Freund.
Thomas, fuhr es Nick durch den Kopf, *Thomas heißt er.*
Das Wasser war eiskalt. Der Preis für das beschissene Motorrad eines beschissenen Typen. Nick hatte schon Schlimmeres überstanden.
Doch er hatte Thomas unterschätzt. Während zwei der Schläger ihn festhielten, drückte Thomas Nicks Kopf unter Wasser, so lange, bis Nick glaubte, es nicht mehr auszuhalten. Keinen Moment zu früh wurde sein Kopf aus dem Wasser gerissen, er schnappte nach Luft, wollte ru-

fen, sie sollten aufhören, aber schon war er wieder unter Wasser. Diesmal dauerte es noch länger, bis sie ihn herauszogen. Nick riss den Mund auf und sog mit einem pfeifenden Geräusch Luft in seine schmerzenden Lungen.

»Scheißgefühl, nicht wahr?«, hörte er Thomas' Stimme an seinem Ohr. Nick spuckte und würgte. *Nicht noch mal*, dachte er, doch erbarmungslos drückte ihn Thomas zurück ins Wasser. Panik überkam ihn. Er wusste, dass sein Atem nicht ausreichen würde. Verzweifelt strampelte er mit den Beinen, seine Knie schlugen auf den Boden des Brunnens. Er hielt aus, solange er konnte, dann öffnete er reflexartig den Mund, um Luft zu bekommen. Aber da war nur Wasser, das in seinen Mund strömte. Starke Hände pressten seinen Kopf nach unten. Noch nie in seinem Leben hatte Nick solche Angst gehabt. Er wollte gegen die Hände und den Druck ankämpfen, aber er fühlte, wie ihn die Kraft verließ. Ein letztes Mal bäumte sich sein Wille auf, doch seine Beine gehorchten ihm nicht mehr und hörten auf zu treten, sein Körper wurde schlaff und ein großes schwarzes Loch raste auf ihn zu.

Kurz bevor ihn das Loch erreichte, sah er ganz klar ein Bild vor sich. Es war sein achter Geburtstag, er saß vor einem Kuchen mit brennenden Kerzen und seine Mutter lächelte ihn an. Ein wunderschönes Bild und er wollte nur noch eins, dieses Bild im Kopf festhalten, für immer. Doch das Loch saugte ihn ein, das Bild löste sich auf und er ging in einem schwarzen Strudel unter.

8

Jemand schüttelte ihn. Durch einen langen Tunnel hörte er eine Stimme. »Was macht ihr denn da, ihr Idioten? Wollt ihr ihn ersäufen? Haut bloß ab oder ich ruf die Polizei!«

Eine Frau mit besorgtem Gesicht beugte sich über ihn. »Bist du in Ordnung?«

»Geht schon«, krächzte er.

»Kannst du aufstehen?«

Nick wollte es nicht einmal versuchen. Die Welt um ihn herum drehte sich. Mittendrin saß er vor seinem Geburtstagskuchen. Erschöpft ließ er den Kopf auf den Boden sinken.

»Soll ich dir helfen?«, fragte die Frau.

»Ist schon gut, nichts passiert«, stieß er hervor. Er rappelte sich hoch und hoffte, dass er gehen konnte. Die Welt drehte sich immer noch viel zu schnell, aber er konnte auf seinen Beinen stehen. Wie ein Betrunkener taumelte er aus dem Kreis der Gaffer.

Ein paar Straßen weiter, außer Sichtweite der anderen, ließ er sich an einer Hausmauer entlang auf den Boden gleiten. Sein Gesicht schmerzte, sein Körper zitterte vor Kälte. Sie würden ihn rauswerfen. Auf der Stelle. Hatte alles keinen Sinn. Er saß auf dem kalten Asphalt und wusste nicht wohin. Irgendwann stand er auf und machte sich auf den Weg zu Eggers. Bevor er am Abend das Haus verlassen hatte, war es ihm wie ein Gefängnis erschienen, jetzt sehnte er sich nach der Wärme und Geborgenheit, die dieser Ort trotz allem ausstrahlte.

Nick stand vor der Haustür, starrte auf den Schriftzug *Familie Egger*, doch er hatte nicht den Mut, die Klinke zu drücken und einzutreten. Er setzte sich auf die Bank vor dem Haus, vergrub den Kopf in seinen Händen und kniff seine Augen zu, um die Tränen zurückzuhalten. Er weinte nicht. Nie. *Wer weint, verliert.* Das hatte sein Vater zu ihm gesagt, als er mit neun vom Fahrrad gefallen war und geweint hatte, weil er sich die Knie aufgeschlagen hatte, vor allem aber, weil sein neues Fahrrad mit verbogenem Lenker und zerkratztem Lack auf dem Kiesplatz lag. Er hatte zwar nicht genau verstanden, was sein Vater damit meinte, dass man verlor, wenn man weinte, aber die Worte hatten sich in sein Gehirn gebrannt. Er hatte nie wieder geweint in der Gegenwart seiner Eltern.

Irgendwann hörte er das Klappern von Absätzen auf dem Vorplatz.

»Nick?«, fragte Carla. »Was tust du hier draußen?«

»Den Abend genießen, was denn sonst?« Hoffentlich merkte sie nicht, dass er kurz davor war loszuheulen.

»Hör auf! Das ist nicht lustig. Du zitterst. Was ist passiert?«

»Nichts.«

Sie ließ sich nicht abwimmeln. »Was ist mit deinem Gesicht passiert?«

»Lass mich einfach in Ruhe, ja?«

»Ich dachte, du hättest mit meinen Eltern einen Deal? Nicht später als um elf Uhr zu Hause? Es ist halb zwölf. Also, warum sitzt du hier draußen?«

Als er nichts sagte, zog sie ihn ungeduldig am Ärmel. »Was ist los? Du bist ja ganz nass.«

»Hab ein Bad genommen.«

»Alles klar. Du traust dich da nicht rein, stimmt's?«

Nick schwieg.

»Du stehst jetzt auf und kommst mit mir rein!«

»Nein!«

»Doch, du sturer Bock!« Carla war laut geworden. So laut, dass Susanna den Kopf durch die Tür steckte.

»Da bist du ja!«, rief sie.

Nick stand auf und drückte sich an Susanna vorbei.

»Ich geh packen«, sagte er.

»Packen?«, fragte Susanna. Sie hielt ihn fest. »Wie siehst du denn aus? Was ist geschehen?«

»Nichts!« Nick riss sich von ihr los. Er wollte seine Ruhe. Einfach nur seine Ruhe!

Am Fuß der Treppe stand Martin. »Du gehst dich jetzt umziehen und dann setzen wir uns zusammen«, sagte er ruhig.

»Mann, ist das vielleicht eine Show«, sagte Nick. Mit gesenktem Kopf ging er nach oben. Sie sollten nicht sehen, wie elend er sich fühlte.

Er blieb den ganzen nächsten Tag in seinem Zimmer. Drei Mal packte er seine Tasche und drei Mal packte er sie wieder aus. Bestimmt wusste das Jugendamt inzwischen Bescheid. Doch niemand kam, keiner klopfte an seine Tür und forderte ihn auf, endlich aus dem Zimmer zu kommen. Er verstand das nicht.

Am Abend schlich er in die Küche hinunter, wo Susanna dabei war, das Abendessen zuzubereiten.

»Tut mir leid«, sagte er.

»Ist das alles?«, fragte sie.

»Ich kann auch gehen.«

Susanna schwieg. Nick fürchtete sich vor ihrer Antwort. Gleich würde sie es aussprechen. Gleich würde sie sagen, dass er gehen solle.

»Das ist es nicht«, sagte sie. »Die Frage ist, ob du bleiben willst.«

»Wie ...? Was ...?«, stammelte er.

»Du bist noch nicht einmal zwei Wochen hier. Und schon beim ersten Problem willst du aufgeben. Wenn du gehen willst, bitte. Geh. Ich kann dich nicht aufhalten. Wenn du bleiben willst, dann zeig uns, dass dir etwas daran liegt, hier zu sein.«

Susanna war wütend. Auch sie hatte ihre Grenzen. Und die hatte er überschritten.

Nick setzte sich an den Küchentisch. Wie konnte er ihr nur erklären, dass es mit ihm nichts als Probleme geben würde? Zehn schlechte Momente auf einen guten. Irgendwann würde sie das herausfinden und sich wünschen, sie hätten ihn nie aufgenommen. Wie konnte er ihr erklären, dass er nie etwas anderes gelernt hatte, als alles kaputt zu machen. Abzuhauen. Weil wegrennen immer noch besser war als immer wieder damit konfrontiert zu werden, ein totaler Versager zu sein. Wie sollte er ihr all das erklären und dann hoffen, dass sie trotzdem sagen würde: »Bleib.«?

Susanna setzte sich ihm gegenüber. Er hörte sein Herz schlagen.

»Du kannst gehen oder bleiben. Ich an deiner Stelle würde mich fürs Bleiben entscheiden. Glaub mir, wir kommen schon klar mit dir.«

»Das ist es ja«, stieß Nick hervor. »Niemand kommt mit mir klar.«

»Kommt mir auch so vor«, klang es von der Tür her. Finn! Er musterte Nick mit einem verächtlichen Blick.

»Weißt du was? Du bist ein Weichei! Kassierst ein paar Prügel, schließt dich deswegen wie eine beleidigte Tussi in dein Zimmer ein und jammerst dann meiner Mutter die Hucke voll. Das ist eine kümmerliche Vorstellung, du Rebell für Arme.«

»Und was sollte deine Vorstellung gestern Abend?«, platzte es aus Nick heraus.

»Welche Vorstellung?«, wollte Susanna wissen, aber Finn ignorierte ihre Frage und trat nahe an Nick heran.

»Du hast dich mit meinen Freunden angelegt. Also beschwer dich nicht.«

Susanna zeigte mit dem Finger zur Tür. »Raus hier, Finn! Wir reden später!«

»Willst du mir sagen, was gestern passiert ist, Nick?«, fragte sie.

Nick schüttelte den Kopf. »Nein. Aber ich möchte bleiben«, flüsterte er kaum hörbar.

Caduff betrat den Raum. Wenn das so eine Art Test gewesen war, dann hatte Nick ihn wohl bestanden. Er fragte sich, wie leicht es gewesen wäre, einfach zur Tür hinauszuspazieren und abzuhauen. Caduff setzte sich, streckte die Beine, faltete seine Hände und schaute aus dem Fenster.

Dieser Typ hatte komische Verhörmethoden! Nick wartete. Aber der Bulle schaute einfach aus diesem verfluchten Fenster, als ob es da draußen irgendetwas Spannendes zu sehen gäbe.

»Wenn alles dafür spricht, dass ich in Berlin gewesen bin, warum kann ich mich dann an gar nichts erinnern?«, durchbrach Nick die Stille.

Caduff beugte sich vor. »Es gibt zwei Möglichkeiten. Erstens: Du lügst. Zweitens: Du kannst dich tatsächlich nicht erinnern.« Er deutete auf die Unterlagen vor ihm. »Ich habe deine Akte gelesen. Da sind einfach zu viele Einträge über Verstöße gegen das Betäubungsmittelgesetz. Und das ist noch nicht alles.« Eindringlich musterte er Nick. »Ich habe mich erkundigt. Es wäre nicht das erste

Mal, dass du wegläufst und ein paar Tage später wieder auftauchst. Alles passt. Ich denke, du lügst.«

»Nein!« Nick stand auf und stieß seinen Stuhl zurück. »Ich mag Carla. Ich würde ihr so was nicht antun.«

»Und was war mit Melanie?«

Das hatte ja kommen müssen! Melanie. Letztes Jahr. Ein Wochenende auf Vaters Boot, mit viel Alkohol und Drogen. Beim Einfahren in den Hafen hatten sie ein anderes Boot gerammt und das sehr lustig gefunden. Als sie wieder nüchtern waren, hatte Melanie die ganze Schuld auf ihn geschoben. Er hatte nichts abgestritten. Wozu auch? Hauptsache, sein Vater ärgerte sich über ihn.

»Das hat nichts mit Carla zu tun.«

»Ach ja? Klingt aber nach einer ganz ähnlichen Geschichte.«

»Das hier ist anders.« Nick wusste selbst, wie unglaubwürdig er sich anhörte.

»Setz dich wieder hin!«, befahl Caduff. Nick wollte nach dem Stuhl greifen, doch er strauchelte und hielt sich am Schreibtisch fest. Ein Stapel Papier geriet ins Rutschen. Caduff fing ihn auf und legte ihn auf die andere Seite des Tisches, dann erhob er sich und kam um den Tisch auf Nick zu. »Geht's?« Er stellte den Stuhl hin und Nick setzte sich. Ihm war übel.

Caduff blieb stehen. »Brauchst du eine Pause?«

Nick schüttelte den Kopf. Er wollte es hinter sich bringen.

»Nehmen wir einmal an, du sagst die Wahrheit und kannst dich wirklich an nichts erinnern«, sagte Caduff. »Dann verrate mir mal, was in den letzten drei Tagen passiert sein könnte.«

»Ich habe keine Ahnung. Aber ich bin sicher, dass ich kein Bahnticket gekauft habe. Carla und ich haben nie über Berlin gesprochen. Es stimmt, ich habe Drogen genommen. Manchmal so viel, dass mir nachher die Erinnerung fehlte. Aber ich nehme keine mehr. Ich habe bei den Eggers eine Chance bekommen und ich wollte sie wirklich nutzen. Ehrlich. Carla hat mir dabei geholfen. Warum sollte ich also so was tun? Warum?« Er sagte es mehr zu sich selbst als zu Caduff. Als müsste er sich überzeugen und nicht den Bullen.

»Dass du keine Drogen mehr nimmst, hast du mir schon einmal gesagt. Ist schwer zu glauben, wenn man deine Akte kennt. Kannst du mir das genauer erklären?«

Die Tür zu Caduffs Büro ging auf.

»Hallo, Joe. Kannst du mir sagen, wo ich Bucher finde?«

»Der ist heute in St. Gallen«, antwortete Caduff.

Als sich die Tür wieder schloss, schien er seine Frage vergessen zu haben.

»Vielleicht wolltet ihr einfach einmal ordentlich auf den Putz hauen? Etwas erleben?« Er schaute Nick aufmerksam an.

»Nein, so war es nicht. Ich versuche gerade, mein Leben auf die Reihe zu kriegen. Da zieh ich doch nicht so was durch.«

»Das gilt für dich. Deine Cousine hat Ferien, sie ist behütet aufgewachsen. Kann ja sein, dass sie mal etwas Besonderes erleben wollte. Und du warst genau der Richtige dafür.«

Nick schüttelte den Kopf. »Sie kennen Carla nicht. Das

hat sie nicht nötig. Wenn sie nach Berlin wollte, würde sie das einfach sagen und dann hinfahren.«

Caduff schaute ihn neugierig an. »Dann frage ich dich noch mal. Wie erklärst du dir die ganze Geschichte?«

»Kann ich nicht. Es ergibt keinen Sinn. Es passt einfach nichts zusammen.«

Nick vergrub den Kopf in seinen Händen. Lange würde er das nicht mehr aushalten.

»Vielleicht ist ihr was zugestoßen«, sprach er seine Befürchtungen aus.

»Was könnte das sein?«, fragte Caduff ruhig.

»Das weiß ich doch nicht!«

»Und das soll ich dir glauben?«

Der Typ bohrte in Nicks Verzweiflung wie ein Zahnarzt in einem kranken Zahn.

»Glauben Sie doch, was Sie wollen.« Trotzig verschränkte Nick seine Arme.

»Du kannst gehen«, sagte Caduff.

»Was?«, flüsterte Nick

»Du kannst gehen.«

Vor dem Polizeigebäude kam Finn auf ihn zu, packte ihn und drückte ihn gegen die Wand.

»Du verdammter Mistkerl! Was hast du mit Carla gemacht?«

Nick wartete darauf, dass Finn zuschlagen würde, und als ihn der erste Schlag traf, war er froh um diesen körperlichen Schmerz, der seinen anderen Schmerz für einen kurzen Moment verdrängte. Immer wieder schlug Finn zu, bei jedem Schlag rief er: »Wo ist sie?«

Ein Polizist, der aus dem Gebäude kam, trennte die beiden. Schwer atmend lehnte sich Nick an die Mauer. Aus seiner Nase floss Blut. Er wischte es mit dem Ärmel weg. Seine Wangen brannten.

»Ich weiß nicht, wo Carla ist.«

»Das glaubst du doch selbst nicht!«

»Doch. Ich würde ihr niemals so was antun.«

»Mann, du warst voll zugedröhnt! Du hast doch keine Ahnung, was du in deinem verfluchten Drogenrausch alles getan hast.«

»Ich hätte Carla niemals in eine Drogensache reingezogen.«

Finn zögerte. Nick schaute in sein blasses Gesicht, sah die dunklen Ringe unter den Augen, die Angst hinter der Wut.

»Verdammt noch mal, glaub mir!«, bat Nick.

»Wie denn? Sag mir endlich, was du mit ihr gemacht hast! Sag's mir! Ist sie tot?«

Feindselig starrte Finn ihn an, doch der Polizist, der sie getrennt hatte, stand in der Nähe und beobachtete sie.

»Wir haben dich bei uns aufgenommen! Mam, Paps und Carla haben dir vertraut. Ich nicht. Nicht einen Moment lang. Ich hatte recht. Aber nicht einmal ich hätte dir so was zugetraut.« Finn schüttelte angewidert den Kopf und ließ Nick stehen.

»Geht es dir nicht gut?«

Nick schaute auf. Vor ihm stand eine ältere Dame in einem braunen Wollmantel. Sie öffnete ihre Handtasche und wühlte darin herum.

»Hier. Du hast Blut im Gesicht.« Sie hielt ihm ein Taschentuch hin. »Brauchst du einen Arzt?«

»Nein, schon gut«, murmelte er. Er ließ die Frau stehen und lief los, ohne zurückzuschauen, die Bahnhofstraße hoch, weg von der Frau, weg von der Polizeistation, weg vom Bahnsteig, an dem Carla nicht auftauchen würde. Bei der Abzweigung zu Susannas Laden blieb er lange stehen. Er wollte zu ihr gehen und ihr alles erklären. Nur, was gab es zu erklären? Er wusste ja nicht einmal, was geschehen war.

Sein Blick fiel auf zwei Typen neben einer Telefonzelle. Dealer. Die Sorte erkannte er von weitem. In diesem Kaff war es überhaupt kein Problem, an Drogen zu kommen. Er sah einen Polizisten auf sich zukommen. Angst packte ihn. Er musste hier weg!

Auf der anderen Seite des Bahnhofs war die Autobahn. Dort konnte er einen Wagen anhalten und all das hinter sich lassen. Nach Italien abhauen.

Ein Stück vor der Einfahrt stellte er sich hin und hielt den Daumen raus. Ein Auto nach dem anderen fuhr vorbei, bis nach langem Warten ein schwarzer Golf neben ihm anhielt. Mit einem leisen Surren öffnete sich das Fenster auf der Beifahrerseite.

»Steig ein«, sagte Caduff.

»Nein«, antwortete Nick.

»Los, steig ein, mach kein Theater.«

Nick öffnete die Tür und ließ sich auf den Sitz fallen.

»Hat man Ihnen den Streifenwagen weggenommen?«

Caduff ignorierte die Bemerkung.

»Ich nehme an, du willst nach Maienfeld, zu deinen Eltern.« Er startete den Golf und fuhr los. »Hier«, sagte er zu

Nick und reichte ihm ein sauberes Taschentuch. »Du hast Blut im Gesicht.«

Heute schien jeder mit einem Taschentuch in der Gegend herumzuwedeln. Als ob ein Taschentuch alle Probleme der Welt lösen könnte! Nick schaute demonstrativ weg, sah der Landschaft zu, wie sie an ihnen vorbeiflog, und fuhr sich mit der Hand übers Gesicht.

»Sie hätten mich gar nicht gehen lassen dürfen.« Er sprach zu den verschwommenen Bäumen auf der anderen Seite der Scheibe, zu einer Welt, die aus dem Gleichgewicht geraten war. »Irgendjemand muss dafür sorgen, dass ich ganz brav nach Hause gehe, muss mich meinen Eltern offiziell übergeben und ihnen klarmachen, dass sie auf mich aufpassen müssen. Die elterlichen Pflichten wahrnehmen oder wie ihr das nennt. Und zwar besser als bisher. Habe ich recht?« Er wandte sich an Caduff. »Das war ein elender Scheißtrick!«

»Ja«, antwortete Caduff.

»Sie haben mich gehen lassen, um zu sehen, was ich tun würde. Ein Anruf aus einer Telefonzelle, ein Treffen mit einem Komplizen. Mensch, das ist ja wie in einem schlechten Film.«

Diesmal war es der Polizist, der nichts sagte.

»Da haben Sie aber nicht lange observiert.« Nick legte seine ganze Verachtung in das letzte Wort. »Warum?«

»Ich mag keine schlechten Filme«, meinte Caduff.

Eine Weile fuhren sie wortlos Richtung Maienfeld.

»Wissen meine Eltern, dass ich komme?«

»Nein, wir haben nur die Haushälterin erreicht.«

»Erna.«

»Ja, Erna Stieger. Sie erwartet uns.«

10

Das Landgut der Bergamins lag abgelegen inmitten von Weinbergen. Albert Bergamins gehätschelter Lebenstraum. Nick hasste das Gebäude.

Sie fuhren die lange, von Bäumen gesäumte Auffahrt hoch.

»Und, gegen welchen der Bäume bist du gefahren?«, fragte Caduff.

Nick gab keine Antwort. Wenn es den Bullen interessierte, konnte er sich die Bäume genauer ansehen. Caduff parkte seinen Wagen auf dem großen Kiesplatz vor dem herrschaftlichen Haus. Nick blieb sitzen.

»Komm schon«, sagte Caduff und hielt die Tür auf. Widerwillig folgte Nick dem Polizisten, der entschlossen in Richtung Eingangstür losmarschierte. Auf sein Klingeln hin öffnete Erna die Tür.

»Guten Tag, Frau Stieger. Caduff von der Kantonspolizei St. Gallen. Ich habe uns angemeldet.«

Erna schaute Nick mit einem verächtlichen Blick an.

»Kann ich mit Herrn oder Frau Bergamin sprechen?«, fragte Caduff.

»Tut mir leid«, antwortete Erna, »Herr Bergamin ist noch bis Mittwochabend in London und Frau Bergamin wohnt nicht mehr hier.«

Nick holte tief Luft. Seine Mutter war weg.

»Dann ist zurzeit niemand hier?«, wollte Caduff wissen.

»Doch, ich«, antwortete Erna und es war ihrer Stimme anzuhören, dass die Frage sie gekränkt hatte.

»Nick wird vorläufig wieder hier wohnen«, erklärte Caduff.

»Ich dachte, er wohnt bei der Familie von Frau Bergamins Schwester.«

Caduff ignorierte den süffisanten Unterton. »Nein, er wird für ein paar Tage hier wohnen«, wiederholte er.

»Sie müssen es ja wissen. Aber ich übernehme keine Verantwortung für ihn.« Der Blick, den sie auf Nick warf, machte klar, wie sie das meinte.

»Ich würde gerne Nicks Zimmer sehen«, sagte Caduff.

»Bitte. Aber viel werden Sie nicht finden. Wir haben aufgeräumt.«

Caduff ließ sich durch den abweisenden Ton in ihrer Stimme nicht aus der Ruhe bringen. Er schob sich an Erna vorbei ins Haus. Nick wollte draußen bleiben, aber Caduff rief aus der Eingangshalle: »Komm schon, ich brauche dich!«

Nick führte Caduff zu seinem Zimmer. Er öffnete die Tür und blieb stehen. Ja, sie hatten gründlich aufgeräumt. Seine Filmposter waren weg, seine Schallplatten auch. Wenn er Glück hatte, lagerten sie auf dem Dachboden. Genauso gut könnten sie auch im Müll gelandet sein. Auf dem Bett lag ein unsäglicher Bettüberwurf, sein Boxsack hing nicht mehr von der Decke, die Wände leuchteten pastellgrün. Pastellgrün! Nick drehte sich um und stürmte aus dem Haus. Er lief über den großen Platz und lehnte sich an Caduffs Wagen. Nach einer Weile hörte er Schritte auf dem Kies. Caduff stellte sich neben ihn und zündete sich eine Zigarette an. Er hielt Nick auch eine hin. Schweigend rauchten sie.

»Hier bleibe ich keine Minute länger«, sagte Nick.

»Und wo willst du hin?«

Nick wusste keine Antwort. Er sah Susanna mit ihren verweinten Augen vor sich und hörte Martin sagen, dass sie ihn nie hätten aufnehmen sollen.

»Verdammt! Lochen Sie mich ein. Sie werden schon einen Grund finden. Fluchtgefahr oder was immer. Egal, wie Sie es anstellen, bringen Sie mich weg von hier.«

Nick setzte sich in den Wagen und schloss die Tür mit einem lauten Knall. Caduff rauchte seine Zigarette fertig, dann ließ er die Kippe auf den Kiesplatz fallen und stieg ein. Nachdenklich saß er da, seine Hände auf dem Steuerrad, seinen Blick ins Leere gerichtet. Als er losfuhr, drehten die Räder des Wagens auf dem Kies kurz durch. Nick schloss die Augen. Es war alles egal, nichts würde je wieder gut werden, nie mehr.

Erst als der Wagen anhielt, öffnete er die Augen wieder. Sie standen in der Auffahrt eines kleinen, alten Hauses.

»Ich habe keine Zelle für dich, Junge«, sagte Caduff und führte ihn in sein Haus.

Nick saß auf dem Sofa in Caduffs Wohnzimmer.

»Wann hast du das letzte Mal gegessen?«

»Weiß nicht«, antwortete Nick. Im Krankenhaus hatte

er keinen Bissen runtergebracht und was davor gewesen war, daran konnte er sich nicht erinnern. Caduff ging in die Küche und kam mit Brot, Wurst, Käse und Orangensaft zurück. Allein der Geruch der Lebensmittel verursachte bei Nick Übelkeit.

»Ich kann nicht essen.«

»Haben sie dir im Krankenhaus etwas gegen die Folgen deines Trips gegeben?«

»Nein. Die werden sich gedacht haben, dass ich es verdiene, noch ein bisschen zu leiden.«

»Ich denke eher, dass sie sehr vorsichtig sein mussten mit Medikamenten. Und, leidest du?«

»Na ja, die Übelkeit kommt in Wellen, mir wird immer wieder schwindlig und mein Kopf tut beschissen weh.«

»Und du hast wirklich keine Ahnung, welche Drogen du genommen hast?«

»Nein. Verdammt. Nein.«

»Junge, du fluchst zu viel.«

Caduff goss Orangensaft in sein Glas und strich sich ein Brot.

»Die im Krankenhaus sind sich auch noch nicht sicher. Sie können sich deine Blutwerte nicht erklären. So, wie wir dich gefunden haben, hätten sie viel mehr Spuren finden müssen. Vielleicht GHB.« Er füllte ein zweites Glas mit Saft und schob es zu Nick rüber. »Trink. Wird dir gut tun.«

»GHB?«, fragte Nick.

»Betäubt. Und lässt sich nachher kaum nachweisen. Wird manchmal von Kerlen in die Drinks von Mädchen geschüttet.«

Caduff biss in sein Brot. Nick zwang sich, einen Schluck

zu trinken. Sofort begann sein Magen verrücktzuspielen. Er sprang auf und hielt die Hand vor den Mund.

»Zweite Tür links«, rief Caduff.

Nick riss die Tür zur Toilette auf. Es fühlte sich an, als ob er sich die ganze Angst aus dem Leib kotzte, aber sie war immer noch da, als er sich in Caduffs Wohnzimmer aufs Sofa plumpsen ließ und kurz darauf in einen tiefen Schlaf fiel.

Er erwachte mit rasenden Kopfschmerzen. Eine altmodische Stehlampe verbreitete ein schwaches Licht im Zimmer, Caduff schlief in einem Sessel neben ihm. Er hatte Nick mit einer Decke zugedeckt und den Saft und die Brote stehen lassen. Nick beobachtete ihn. Nicht mehr ganz jung, zerzauste Haare, Lachfalten um die Augen, groß und kräftig. Er trug immer noch seine Uniform. Leise stand Nick auf und ging ins Badezimmer. Er spülte sich den Mund aus und hielt seinen Kopf unter das kalte Wasser.

Seine Uhr zeigte Viertel vor sechs. Er hatte fast zwölf Stunden geschlafen! Zum ersten Mal seit seinem Erwachen im Krankenhaus meldete sich der Hunger. Er aß zwei Brote und wagte sich dann an den Orangensaft. Diesmal wurde ihm nicht übel. Allmählich ließ auch das Dröhnen in seinem Kopf nach.

Er ging zum Fenster und presste seine Stirn gegen das kalte Glas. Wenn er die Augen schloss, konnte er Carla sehen, wie sie sich zu Musik bewegte, die nur sie hören konnte. Sie lachte. Dann war sie weg. Als hätte sie jemand ausradiert. Und plötzlich tauchte sie in einer anderen Ecke seines Kopfes wieder auf. Verärgert. Ihre Lippen bewegten sich, doch er konnte sie nicht hören. Sie versuchte, ihm etwas zu sagen. In ihrem Zimmer herrschte ein Durcheinander. Papier. Viel Papier. Sie redete tonlos auf ihn ein. Er sah, wie er ihr den Rücken zukehrte. Und dann hörte er sie. *Nick, da stimmt etwas nicht.* Da war noch mehr gewesen! Er versuchte, sich zu erinnern. *Kann es sein, dass dein Vater krumme Dinger dreht?*

Als er die Augen öffnete, sah er, dass es draußen hell wurde. Mit dem Licht kam auch Klarheit in seinen Kopf. Er musste Kristen suchen. Sie konnte ihm helfen. Carla hatte mit ihr am selben Projekt gearbeitet. Das Projekt. Dieses verdammte Projekt. Deswegen hatte er sich mit Carla gestritten. Deswegen war plötzlich Kristen wieder in seinem Leben aufgetaucht. Und deswegen war Carla jetzt vielleicht verschwunden.

11

Carla hatte sein Zimmer weniger schwungvoll als sonst betreten. Sie setzte sich auch nicht hin, sondern blieb bei der Tür stehen.

»Ich habe heute mein Praktikum in der Firma deines Vaters begonnen.«

Nick kniff die Augen zusammen. Natürlich. Sie besuchte das Wirtschaftsgymnasium und vor den Herbstferien führte die Schule ein praxisorientiertes Projekt durch. Alle Schüler mussten sich einen Platz in einer Firma suchen. Carla hatte seinen Vater gefragt.

»Hab ich ganz vergessen«, murmelte er.

»Verdrängt wäre wohl das passendere Wort.«

Manchmal war ihr scharfer Verstand anstrengend.

»Wenn du es sagst«, wehrte er ab. Er wollte nicht über seinen Vater sprechen.

»Mir gefällt's«, fuhr sie fort. »Auf den ersten Blick ist dein Vater gar nicht so übel.«

»Er ist ein Arschloch«, sagte er.

»Ich mag ihn eigentlich recht gerne«, antwortete sie ruhig. »Er hat sich Zeit für uns genommen. Hat uns begrüßt und durch seine Firma geführt. Er war nett, geduldig, witzig und supergut auf uns vorbereitet.«

»Uns?«

»Ja, wir sind zu zweit.«

»Und die andere sieht genauso gut aus wie du«, sagte er höhnisch.

»Was hat das denn damit zu tun?«

»Na ja, er steht auf junges, gut aussehendes Gemüse.«

»Hör auf!« Carla trat einen Schritt auf ihn zu. Ihre Augen blitzten. »Kann man deinen Vater nicht mal erwähnen, ohne dass du ausfallend wirst? Das ist kindisch, Nick, absolut kindisch!«

Das saß. Trotzdem konnte er nicht aufhören.

»Er hat dich eingeseift mit seinem Charme, genau wie alle anderen!«

»Es reicht!« Sie drehte sich um und wollte das Zimmer verlassen.

Er hielt sie am Arm zurück. »Du hast ja keine Ahnung.«

»Aha. Und du schon!«

»Ja, verdammt. Ich bin bei ihm aufgewachsen.«

Sie schwieg. Er ließ ihren Arm los. »Bestimmt hat er dich gefragt, was ich schon alles verbockt habe.«

»Nein, hat er nicht.« Sie rieb sich den Arm, dort, wo er sie festgehalten hatte.

»Auf jeden Fall hat er keine Grüße an mich ausrichten lassen, oder?«, fragte er zynisch.

»Und wenn schon. Es ist dir doch sowieso egal.«

Eine unangenehme Stille machte sich in seinem Zimmer breit. Carla schaute ihn an und wartete darauf, dass er etwas sagte. Er tat ihr den Gefallen nicht. Sie öffnete die Tür, zögerte einen Moment und schloss sie wieder.

»Komm schon, lass uns darüber reden statt uns anzuschreien«, meinte sie.

»Nein. Hat keinen Sinn.«

»Doch. Ich bin nämlich eine ganze Zeit lang dort. Und ich habe keine Lust, jeden Tag trotzig von dir angeschwiegen zu werden. Oder mit dir zu streiten.«

»Dann hör auf, mir zu erzählen, was für ein super Typ mein Vater ist.«

»Ach, und damit ist für dich das Problem gelöst?«

»Nein. Ich ... Vergiss es.« Er setzte sich auf das Bett, starrte auf seine Füße und wartete darauf, dass sie ihn allein ließ. Sie blieb. Stand ruhig neben der Tür und beobachtete ihn. Was wollte sie? Dass er ihr sagte, es tue ihm leid? Ja, tat es. Er hatte sie am Arm gepackt und ihr wehgetan. Alles wegen seines Vaters. Wenn sie sich nur einen anderen Praktikumsplatz gesucht hätte! Sie setzte sich neben ihn, winkelte die Knie an und schlang ihre Arme darum.

»Also ...«, begann sie, »ich mache da dieses Praktikum.«

»Und, gefällt es dir?«, fragte Nick, der erkannte, dass dies eine Chance war, sein Verhalten von vorhin wiedergutzumachen.

»Ja. Es gefällt mir wirklich. Endlich einmal keine langweiligen Schulstunden! Raus aus dem Klassenzimmer. In die richtige Arbeitswelt. Das ist so was von spannend.«

»Es hätte ja nicht gleich die Firma meines Vaters sein müssen.«

»Nein, hätte es nicht. Aber diese Firma ist eine der wichtigsten und interessantesten Firmen in unserer Gegend. Eine, bei der ich wirklich etwas lernen kann. Ich finde es faszinierend, dass es jemand von hier so weit gebracht hat. Und dieser Jemand ist nun einmal dein Vater.«

Nick schluckte. Es stimmte. Sein Vater hatte eine Software entwickelt, mit der Firmen ihre internen Abläufe koordinieren und rationalisieren konnten. Eine einfache Idee, grandios und zielstrebig umgesetzt, genau zur richtigen Zeit. Das Produkt wurde ein Erfolg und brachte *b&fTech* mehrere Preise ein. Albert Bergamin hatte von den Titelseiten der Wirtschaftsmagazine gegrinst, während er zu Hause mit verkniffenem Gesicht seine Beziehungen ausgespielt und eine weitere Schule für Nick gesucht hatte. »Ja, aber dieser Jemand hat zwei Seiten«, sagte Nick zu Carla.

»Das streite ich ja gar nicht ab. Und ich glaube dir, wenn du sagst, dass es nicht einfach ist mit deinem Vater«, antwortete sie.

»Was dann?«

»Sieh's so: Ich mache mein Praktikum beim Unternehmer Bergamin. Nicht bei deinem Vater. Kannst du damit leben?«

»Ich versuch's. Okay?« Er zeigte auf ihren Arm. »Ich wollte dir nicht wehtun.«

»Weiß ich doch.«

Er versuchte es wirklich. Wenn Carla am Abend nach Hause kam und am Esstisch begeistert von ihrem Praktikum erzählte, saß er still daneben und verkniff sich seine Bemerkungen.

»Mam, kannst du morgen für eine Person mehr kochen?«, fragte sie in der zweiten Woche ihres Praktikums. »Ich bringe morgen meine Mitpraktikantin zum Essen.«

»Natürlich«, antwortete Susanna.

»Sieht sie gut aus?«, fragte Finn.

Nick warf ihm einen giftigen Blick zu.

Am nächsten Abend stürmte Carla in die Küche, hinter ihr ein Mädchen mit kurzem Strubbelhaar, weiten Jeans und einem noch weiteren Pullover.

»Das ist Kris«, erklärte Carla, »sie arbeitet mit mir zusammen am Wirtschaftsprojekt.«

Nick hätte sich am liebsten unter dem Tisch verkrochen. Kristen! Ausgerechnet die Motorrad-Kristen!

»Guten Abend«, sagte Kristen. Und dann: »Hallo, Nick, lange nicht gesehen.«

»Ihr kennt euch?«, fragte Carla.

»Kann man so sagen«, meinte Kristen.

Nicks Herz klopfte bis zum Hals. Von der angeregten Unterhaltung um das Wirtschaftsprojekt bekam er nichts mit. Immer wieder schaute er zu Kristen hin. Hunger hatte er keinen mehr.

Ob Carla wusste, dass er ihrer Freundin vor zwei Jahren hinterhergelaufen war? Lachten die beiden hinter seinem Rücken über ihn?

Gleich nach dem Essen stand Nick auf.

»Ich geh noch mal kurz weg.«

»Wohin?«, fragte Susanna.

»Ins Geschäft«, murmelte er, schnappte sich den Schlüssel für den Laden und verließ das Haus fluchtartig.

Nick schloss die Tür hinter sich zu, weil er nicht wollte, dass jemand unbemerkt den Laden betrat, während er arbeitete.

Er startete den PC und öffnete das Programm, mit dem er Susannas Website bearbeiten konnte. Aber die Buchstaben verschwammen vor seinen Augen. Kristen war eigentlich gar nicht sein Typ. Zu klein, zu kurze Haare, zu großer Mund, zu wenig Busen, zu intelligent. Aber sie war die Einzige gewesen, die er nicht beeindrucken konnte. Das hatte ihn beeindruckt. Er musste sie kriegen. Aber so lief das nicht. Sie hatte ihn gekriegt mit ihrer unerschrockenen, selbstsicheren Art. Sie wusste, was sie wollte, und es war ihr absolut egal, was andere von ihr dachten. Ihm passierte, was ihm noch nie passiert war: Er redete totalen Schwachsinn, wenn sie in der Nähe war, oder, noch viel schlimmer, es verschlug ihm die Sprache. Er beschloss, ihr aus dem Weg zu gehen, und wurde magisch von ihr angezogen. Er war verknallt. Sie war immun dagegen. Mit einem lauten Lachen und ein paar deutlichen Worten sagte sie ihm, er solle es vergessen.

Ein Geräusch riss Nick aus seinen Gedanken. War jemand im Laden? Er machte alle Lichter an und sah sich um. Dann kontrollierte er die Tür. Sie war verschlossen. Er holte die Schlüssel aus dem Büro, öffnete die Ladentür und schaute die Straße hinauf und hinunter, konnte aber niemanden sehen. Er zündete sich eine Zigarette an. Seine Gedanken rasten. Jeder einzelne von ihnen endete am selben Punkt. Kristen.

Zu Hause versuchte er so leise wie möglich an Carlas Zimmertür vorbeizugehen. Ihm war nicht nach Gesellschaft.

»Nick!« Carla hatte ihre Tür aufgerissen.

»Ich bin müde, Carla, ich geh schlafen.«

»Es ist wichtig. Ich glaube, ich bin auf was gestoßen.«

Aufgeregt zerrte sie ihn in ihr Zimmer, wo ein ziemliches Chaos herrschte. Computerausdrucke lagen auf dem Boden, auf ihrem Arbeitstisch stapelten sich Blätter mit Statistiken, auf dem Bett lagen Bücher.

»Wir sind zusammen unser Projekt durchgegangen, weil wir einen Schlussbericht schreiben müssen. Kris musste nach Hause und ich habe versucht, unsere Unterlagen zu ordnen. Nick, da stimmt irgendwas nicht. Kann es sein, dass dein Vater irgendwelche krummen Dinger dreht?«

»Was soll der Scheiß?«, fuhr er sie an. »Du findest meinen Vater doch klasse!«

Sie zuckte zurück. Egal. Sie war schuld, dass Kristen plötzlich wieder in seinem Leben war.

»Nick, es ist wichtig!«

»Ach, eine große Verschwörung aufgedeckt«, sagte er.

»Das ist nicht witzig.«

»Ich bin nicht in der Stimmung, Verschwörungstheorien zu wälzen. Ich bin müde, okay?«

»Was ist los mit dir?«

»Nichts.«

Er konnte die Enttäuschung in ihrem Gesicht sehen, aber sie hielt ihn nicht länger auf.

12

Im Flur von Caduffs Wohnung stand ein Telefon auf einer altersschwachen Kommode. Nick öffnete leise die oberste Schublade. Treffer. Er zog das Telefonbuch heraus, schlug es auf und ging die Namen durch. Hess! Kristen Hess. Sein Herz fing an, schneller zu schlagen. Nicht viele Frauen hießen Kristen. War es möglich, dass sie sich eine eigene Wohnung genommen hatte? Er glaubte sich zu erinnern, dass sie so was erwähnt hatte, an jenem Abend in der Küche von Eggers. Genau! Sie wohnte in der Wohnung ihrer Großmutter, die ins Altersheim gezogen war. Er notierte sich die Adresse und suchte die Straße auf dem Ortsplan im Telefonbuch. Bevor er sich auf den Weg machte, schrieb er einen Zettel für Caduff.
Ich gehe Carla suchen.

Das alte Mehrfamilienhaus befand sich auf einem großen Grundstück in einem ruhigen Wohnviertel. Nick öffnete das schmiedeeiserne Tor, gab sich einen Ruck und ging über den Kiesplatz zur Haustür. Dabei hämmerte sein Herz bis zum Hals. Es beruhigte sich auch nicht, als er auf einem der vier verschiedenen Namensschilder Kristens Namen entdeckte. Im Gegenteil. Nick zögerte, dann drückte er die Klingel, bevor er es sich anders überlegen konnte.

In Kristens Wohnung blieb es dunkel. Er musste noch zwei Mal klingeln, bevor das Licht anging. Ein Fenster im obersten Stock wurde geöffnet und Kristen streckte den Kopf heraus.

»Ja?«, rief sie.

»Ich bin's, Nick.«

»Nick?« Kristen verschwand vom Fenster, kurz danach ging das Licht im Treppenhaus an. Er hörte sie die Treppe herunterkommen. Als sie die Tür öffnete, stand er einfach da und wagte nicht sie anzusehen.

»Gut, dass du da bist«, sagte sie.

Verwirrt folgte er ihr nach oben. Er betrat die Wohnung und ging hinter ihr her ins Wohnzimmer.

»Du siehst schlecht aus«, sagte sie.

Seine Hände begannen zu zittern. Er versteckte sie hinter seinem Rücken.

»Setz dich. Willst du was trinken?«

Er schüttelte den Kopf.

»Aber ich. Ich brauche eine heiße Schokolade. Ist ein bisschen früh am Morgen.« Kristen verschwand in der kleinen Küche. Nick stand in ihrem Wohnzimmer und beobachtete sie durch die offene Tür. Ihr kurzes Haar stand in alle Richtungen vom Kopf, sie trug ein riesengroßes schwarzes T-Shirt, das ihr bis zu den Knien reichte. Und hellblaue Socken. Als sie sich umdrehte und ihn ansah, fühlte er sich ertappt. »Willst du wirklich nichts?«

»Nein.« Verlegen setzte er sich an ihren Tisch. Sie kam

mit der Tasse in der Hand ins Zimmer und nahm ihm gegenüber Platz.

»Ich weiß, dass ihr nicht in Berlin wart.«

Mit allem hatte Nick gerechnet, aber damit nicht.

»Sie hätte es mir gesagt«, fuhr sie fort. »Und sie hätte es Susanna und Martin gesagt. Carla würde nicht einfach mit dir nach Berlin abhauen.«

»Alle anderen denken das aber.«

»Und du?«, fragte sie.

»Ich kann mir einfach nicht vorstellen, dass wir dort gewesen sind. Wir haben nie über Berlin gesprochen. Aber sie haben ein Bahnticket und die Eintrittskarte in eine Berliner Disko bei mir gefunden. Ich war drei Tage weg. Irgendwo muss ich ja in dieser Zeit gewesen sein. Kris, was ist, wenn ich wirklich dort war? Mit Carla?«

Kristens Hand lag ganz nahe bei seiner. Er hätte sie gerne berührt.

»Nein«, sagte Kristen bestimmt.

»Wie kannst du so sicher sein?«

»Ich kenne Carla. Wenn du ihr vorgeschlagen hättest, mit dir nach Berlin abzuhauen und dabei ein paar Drogen einzuwerfen, hätte sie dir ganz schön was erzählt! Sie hätte sich nie auf so was eingelassen.«

»Ich ... ich hätte ihr ja was in ihren Drink schütten und sie gegen ihren Willen mitnehmen können.«

»Das hättest du nicht getan. Dazu bedeutet sie dir zu viel.« Kristen glaubte ihm. Ausgerechnet sie. Er stand auf und ging in die Küche. Sie folgte ihm.

»Hast du Carla von damals ... Hast du ihr davon erzählt?« Er wusste nicht, warum er sie das gerade jetzt fragte.

»Nein. Das war zwischen dir und mir und geht niemanden etwas an. Und darum geht es jetzt auch nicht. Wir müssen jetzt herausfinden, was mit Carla und dir passiert ist.«

Und dir, hatte sie gesagt.

Sie lehnte sich an den Kühlschrank und biss sich nachdenklich auf die Lippen.

»Hmmm ... Susanna hat gesagt, du kannst dich an nichts erinnern.«

»Hat sie dir auch gesagt, dass sie denkt, ich lüge?«

»Hat sie.«

»Glaubst du das auch?«

»Nein. Aber ich möchte dich etwas fragen.«

Sie sah ihm in die Augen. »Stimmt es, was sie sagen? Dass du voller Drogen warst?«

»Ja.« Er hielt den Atem an.

Sie verschwand ins Wohnzimmer. Das war's dann wohl. Doch sie kam zurück, in der Hand ihre leere Tasse, drehte das Wasser auf und spülte die Tasse aus.

»Wie bist du zu dem Zeug gekommen?«

»Weiß nicht. Ehrlich.«

»Dann denk nach! Es muss eine Erklärung geben!« Sie stellte die Tasse heftig auf die Ablage.

»Glaubst du, ich habe nicht darüber nachgedacht? Ich denke an nichts anderes. Aber nichts macht Sinn. Nichts.«

Wie auch? Ihm fehlten drei Tage seiner Erinnerung, drei Tage, an denen viel passiert sein konnte. Auch Unvorstellbares.

»Und warum kommst du zu mir? So früh am Morgen?«, wollte Kristen wissen.

»Weil mir etwas eingefallen ist. Aber ...« Plötzlich schien ihm sein Verdacht lächerlich. Er hätte nicht herkommen sollen.

»Was?«, fragte sie ungeduldig.

»An dem Abend, als du bei uns warst, hat sie mich gefragt, ob mein Vater krumme Dinger dreht. Sie hat gemeint, es stimme etwas nicht.«

»Und, was hast du ihr geantwortet?«

»Nichts. Das ist es ja. Ich war wütend. Ich habe sie einfach stehen lassen.«

Er erinnerte sich an Carlas enttäuschtes Gesicht.

»Warum hat sie mir nichts gesagt? Wir haben doch gemeinsam an diesem Projekt gearbeitet.«

»Sie konnte dir gar nichts sagen. Sie ist erst misstrauisch geworden, als du schon gegangen warst. Vielleicht wollte sie am nächsten Tag mit dir reden, kam aber nicht dazu.« Vielleicht hatte sie aber auch seine abweisende Reaktion davon abgehalten!

»Nehmen wir an, dass sie recht hatte«, sagte Kristen, »und im Geschäft deines Vaters geht wirklich etwas Verbotenes ab. Was hat das mit eurem Verschwinden zu tun?«

Die Frage hatte er sich auch schon gestellt. Tausend Mal. Er hatte keine Antwort gefunden.

»Gib mir einen Moment«, sagte Kristen, »ich muss nachdenken. Ich geh mich anziehen.«

Er setzte sich auf das rote Sofa im Wohnzimmer und sah sich um. Wenige Möbel, denen man ansah, dass sie nicht viel gekostet hatten. Jedes Stück hatte seine eigene Farbe. Schwarz-Weiß-Fotografien von kargen Landschaften an den Wänden bildeten einen Kontrast zu der bunten Einrichtung. Er stand auf, um sich die Bilder näher anzusehen.

In Jeans und einem Pullover der Sorte extra-large kam Kristen aus dem Schlafzimmer gestürmt. »Wie wär's damit? Carla hat mit deinem Vater gesprochen. Er steckt mitten in einem wichtigen Deal und sieht, dass sie ihm schaden kann. Er kann jetzt keinen Skandal brauchen. Also zieht er euch aus dem Verkehr. Damit ihr ihm seine Tour nicht vermasselt.« Sie stand mitten im Wohnzimmer, in den Händen ein Paar Socken, schaute ihn an und wartete auf seine Antwort. Einen Augenblick lang ergab alles Sinn, was sie gesagt hatte. Aber nur einen Augenblick.

»Aber wieso mich auch?«, fragte Nick. »Er kann unmöglich gewusst haben, dass sie mir etwas gesagt hat.«

»Weiß nicht. Warum bist du hier und sie nicht? Und wozu all die Drogen?« Sie setzte sich aufs Sofa und schlüpfte in die Socken.

»Das ist doch völlig verrückt«, sagte Nick. »Kris, so kommen wir nicht weiter.«

Aber so schnell gab sie nicht auf. »Nein. Lass uns das mal durchdenken. Wir brauchen mehr Infos. Erzähl mir von deinem Vater.«

»Nein.«

Er ging in die Küche. Riss das Fenster auf und atmete die kalte Morgenluft ein. Von Kristens Fenster aus konnte man die ganze Straße überblicken. Leute, für die das Leben so war wie immer, fuhren zur Arbeit. Kein Ausnahmezustand mit ungewissem Ausgang.

»Weißt du was? Carla hatte recht«, sagte Kristen. Er fuhr herum.

»Womit?«

»Dass du ganz schön bockig wirst, wenn es um deinen Vater geht.«

»Ach ja?«

»Ja.« Sie rieb sich die Oberarme. »Kannst du bitte das Fenster schließen? Es ist kalt.«

»Was willst du wissen?«

»Wie ist er?«

»Du meinst, die Seite, die du nicht kennst?«

Sie nickte.

»Hart. Unerbittlich. Stellt höchste Anforderungen an andere und sich selbst. Privat und im Geschäft. Hat hohe Moralvorstellungen.«

»Was meinst du damit?«, fragte Kristen.

»Dieser Scheiß von wegen Ethik, Moral und Anstand.«

»Ich verstehe«, sagte sie. »Darum hast du Carla nicht geglaubt.«

»Ja. Ich kann mir nicht vorstellen, dass er irgendwas Verbotenes tut. Oder toleriert.«

»Trotzdem. Nachschauen schadet nichts, nicht wahr?«

Er schwieg. Wollte ihr nicht sagen, dass das zu nichts führte. Sie versuchte es wenigstens.

»Wir haben verschiedene Themenbereiche bearbeitet und wollten diese Woche noch mal zusammensitzen, unsere Arbeit koordinieren und das Projekt abschließen. Sie muss in ihren Unterlagen etwas gefunden haben, das ich nicht habe. Diese Daten müssen auf Carlas Computer sein.« Wieder kaute sie an ihrer Unterlippe. »Ich gehe zu den Eggers. Wollte sowieso bei Susanna vorbeischauen und sehen, wie es ihr geht. Hast du eine Idee, wonach ich suchen muss?«

»Keine Ahnung.« Er kam sich vor wie ein Idiot.

»Ich brauche Anhaltspunkte! Was könnte es sein?«, fragte sie. »Irgendwas. Waren es die Statistiken? Hast du Tabellen gesehen? Oder ist es gar nicht auf dem Computer? Vielleicht hat sie etwas in der Informationsmappe gefunden. So eine haben wir an unserem ersten Tag bekommen.«

Er versuchte, sich an Carlas Zimmer zu erinnern. Aber alles, was ihm einfiel, war ein Chaos aus Papier.

»Ich weiß es nicht. Ich weiß es wirklich nicht.«

Es war zum Verzweifeln.

»Okay, lass gut sein. Dann schaue ich mir einfach alles an.«

Sie legte ihre Hand auf seinen Arm.

»Und du?«, fragte sie. »Was wirst du jetzt tun?«

Er wollte hier stehen bleiben, ihre Hand auf seinem Arm, bis alles wieder gut war.

»Ich habe bei diesem Bullen geschlafen. Vielleicht sollte ich ihm von Carlas Verdacht erzählen.«

»Warum hast du bei einem Polizisten geschlafen?«

»Ich wollte nicht nach Hause.«

»Ja, aber ...«

Sie nahm die Hand von seinem Arm und fuhr sich damit durch ihr zerzaustes Haar. Er ging an ihr vorbei ins Wohnzimmer.

Ich gehe Carla suchen, hatte er Caduff auf den Zettel geschrieben. Nur, wo sollte er anfangen? Er konnte ja schlecht zu seinem Vater gehen und ihn fragen, ob er das tat, was sein Sohn seit Jahren tat. Lügen und bescheißen. Aber er wollte auch nicht einfach hier bleiben und warten, während Kristen Carlas Unterlagen durchging.

»Ich werde mit meiner Mutter sprechen«, sagte er.
Kristen kam aus der Küche. »Was hast du gesagt?«
»Ich werde mit meiner Mutter sprechen.«
»Bist du sicher?«
»Ja.« Er atmete tief ein. »Ja.«
»Weißt du, wie du zu ihr kommst?«, fragte sie.
»Mir fällt schon was ein.«
»Ich habe einen Roller. Wohin musst du? Nach Maienfeld?«
Er erinnerte sich an seinen letzten Besuch im Haus seiner Eltern. Erna hatte gesagt, seine Mutter sei ausgezogen. Er wusste nicht, wo sie jetzt war. Die einzige Person, die er fragen konnte, war Erna. Ausgerechnet Erna. Am Telefon würde sie ihm kein Wort verraten. Er musste nach Hause.

Nick saß hinter Kristen auf ihrem Roller. Während er sich eng an sie schmiegte, fragte er sich, was wäre, wenn er sich damals nicht so blöd angestellt hätte. Sie bogen in die Einfahrt zum Anwesen der Familie Bergamin und fuhren an den hohen Pappeln vorbei. Auf dem Kiesplatz vor dem Haus hielt Kristen an und er stieg vom Roller.
»Soll ich warten?«, fragte sie.
»Nein, ist schon okay.« Er trat von einem Fuß auf den anderen. »Danke.«
»Hast du Geld?«
Verlegen sah er an ihr vorbei. Daran hatte er gar nicht gedacht.
»Ich habe auch nicht viel«, meinte sie. »Reichen zwanzig Franken?« Ohne eine Antwort abzuwarten drückte sie ihm das Geld in die Hand.
Er stopfte es in seine Hosentasche.

»Ich muss los«, erklärte sie, »ich geh jetzt zu Susanna. Kommst du klar?«

Er hoffte es.

Nick brauchte nicht zu klingeln. Erna hatte ihn gehört und erwartete ihn an der Tür. Mit verschränkten Armen stand sie da, eine uneinnehmbare Festung.

»Was willst du?«, fragte sie.

Nick war in Gedanken bei Kristen. Das machte es ihm leicht, Ernas missmutigen Gesichtsausdruck zu ignorieren.

»Erna, du arbeitest hier, okay? Ich wohne hier. Immer noch.«

Sie schnappte nach Luft. »Das muss ich mir nicht bieten lassen!«

»Wir können das ganz kurz machen. Ich muss wissen, wo meine Mutter ist.«

»Warum?«

»Wenn du mich los sein willst, sag es mir einfach.«

Sie überlegte nicht lange. »Sie ist in der Ferienwohnung in Celerina.«

Celerina. Im Engadin. Nick schluckte. Wie sollte er dort hinkommen? Die zwanzig Franken reichten nie und nimmer für das Bahnticket. Und per Anhalter konnte das eine Ewigkeit dauern. Ohne ein Wort zu sagen drückte er sich an Erna vorbei und marschierte zielstrebig in das Büro seines Vaters. Die Schlüssel der Harley lagen auf der linken Box der Stereoanlage. Wie immer. Der Alte und seine Gewohnheiten. Endlich hatten sie mal etwas Gutes. Nick schnappte sich die Schlüssel. Als er sich umdrehte, stand Erna in der Tür.

»Damit wirst du nicht durchkommen.« Mit einem zufriedenen Lächeln auf dem Gesicht machte sie Nick Platz. Er verließ sein Elternhaus im Wissen, dass er zu weit gegangen war.

Bis vor Kurzem war seine Mutter für ihn eine verbitterte Frau mit verkniffenem Mund gewesen. Nach der Prügelei änderte sich das. Hartnäckig schob sich ein anderes Bild in den Vordergrund: eine lächelnde Frau, die ihn liebevoll ansah. Seine strahlenden Augen. Die verwuschelte Frisur. Acht Kerzen, wild auf dem Geburtstagskuchen verteilt.

Er wollte wissen, was passiert war. Wann alles begonnen hatte, so schrecklich schiefzugehen, und er nahm sich vor, sie anzurufen. Jeden Tag erfand er Gründe, es nicht zu tun. Als er das letzte Regal für Susannas Laden bemalt hatte, legte er den Pinsel weg. Das Telefon stand zum Greifen nahe auf dem Schreibtisch. Er brauchte nur den Arm auszustrecken. Es war doch so einfach. Er atmete tief ein, griff zum Hörer und wählte ihre Nummer.

»Bergamin«, meldete sie sich.

Er brachte keinen Ton heraus.

»Hallo?«, rief seine Mutter.

»Mam? Ich bin's, Nick.«

Nun blieb es an ihrem Ende der Leitung für eine Weile still.

»Was willst du? Geld?« Klar fragte sie das. Er hatte immer nur Geld gewollt, wenn er sie angerufen hatte.

»Nein, kein Geld«, sagte er schnell.

Wieder blieb es still.

»Mir geht es gut, Mam«, durchbrach er schließlich das Schweigen.

»Schön«, sagte sie irritiert.

»Und wie geht es dir?« Wie lange war es her, seit er sie das das letzte Mal gefragt hatte? Falls er sie das überhaupt jemals gefragt hatte.

»Nick, bist du auf Drogen?«

»Nein, es geht mir gut.«

»Ich weiß nicht, was ich sagen soll«, klang es aus dem Hörer.

»Ist schon okay. Mam, ich muss dich was fragen. Erinnerst du dich an meinen achten Geburtstag?«

»Du bist doch auf Drogen, habe ich Recht?«

»Nein, Mam. Echt nicht. Erinnerst du dich?«

»Ja.« Er konnte hören, wie verwirrt sie war.

Schnell, bevor er es sich anders überlegen konnte, fragte er: »Sag mal, wie war das damals? Es ging uns doch gut, oder?«

Er konnte sie atmen hören, aber sie sagte nichts.

Gerade als er seine Frage wiederholen wollte, legte sie auf.

Nick bog in die Einfahrt der Ferienhaussiedlung in Celerina ein. Er parkte das Motorrad und versuchte sich zu erinnern, in welchem der Häuser die Wohnung seiner Eltern lag. Es gelang ihm nicht. Er musste sich an den Türschildern orientieren und wurde erst im dritten Haus fündig. Die Eingangstür war abgeschlossen. Er klingelte, aber es blieb alles ruhig. Seine Mutter war nicht da. Nervös schaute er auf die Uhr. Kurz vor elf und er hatte keine Ahnung, wo sie sein konnte. Aus einem offenen Fenster dudelte ein volkstümlicher Schlager. Es roch nach frisch gebackenem Brot. Auf einem Balkon hing weiße Wäsche. Über allem ein strahlend blauer Engadiner Himmel. Wie in einem Kitschprospekt. Er drückte auf alle Klingeln des Hauses, ein paar Sekunden später ertönte der Summer und Nick gelangte problemlos ins Haus.

Die Tür zur Ferienwohnung seiner Eltern war verschlossen. Er hätte vorher anrufen sollen!

Angespannt zündete er sich eine Zigarette an und wartete. Setzte sich auf eine Stufe, sprang wieder hoch, ging hin und her. »Fuck!« Er schlug mit der flachen Hand gegen die Tür.

»Was soll der Krach? Mach die Zigarette aus! Hier wird nicht geraucht!« Eine stämmige Frau baute sich vor ihm auf. »Dich habe ich noch nie gesehen! Du wohnst nicht hier. Mach, dass du rauskommst!«

»Und wenn nicht?« Er ging auf sie zu, Schritt für Schritt, bis er ganz dicht vor ihr stand, nahm einen tiefen Zug und blies ihr den Rauch ins Gesicht. Sie wich zurück. Blöde Kuh!

Die Eingangstür fiel ins Schloss, jemand kam die Treppe hoch. Er öffnete das kleine Fenster im Flur, drückte die Zigarette auf dem Fenstersims aus und wischte seine Hände an den Jeans ab.

»Vor Ihrer Tür steht so ein Flegel«, hörte er die Kuh sagen.

»Nick?« Seine Mutter schaute ihn erstaunt an.

Er hätte sie beinahe nicht erkannt. Es war ihr Gesichtsausdruck. Die Bitterkeit war weg. Und sie trug die Haare kürzer.

»Hallo, Mam.« Wie fremd seine Stimme klang.

»Komm rein«, sagte sie.

Nicht *Du kannst gleich wieder gehen, wenn du Geld willst.* Einfach nur *Komm rein.*

Nick folgte ihr in die Wohnung und sah ihr zu, wie sie die Einkaufstasche auf den Küchentisch stellte. Sein Blick fiel auf eine Kinderzeichnung an der Wand. Er konnte sich erinnern, wie er sie für einen Geburtstag seiner Mutter gemalt hatte.

Sie hatte sie aufgehoben!

»Warum bist du hier?«, fragte sie.

Er starrte an ihr vorbei. »Ich bin in Schwierigkeiten.«

»Ach, Nick!«

»Carla ist verschwunden.«

»Ich weiß, Susanna hat mich angerufen. Sie sagt, du hast Carla nach Berlin mitgenommen und bist ohne sie zurückgekommen.«

Nick verstand nicht, warum sie so ruhig blieb. Früher hätte sie ihn angeschrien oder ihm eine gescheuert.

»So war es nicht!«

»Wie dann?«

Er suchte nach Worten. Sie hatte sich verändert. Keine Vorwürfe. Kein nervöses Zurückstreichen ihrer Haare. Kein Aufblitzen in ihren Augen, das einen ihrer Wutanfälle ankündigte.

»Komm, wir gehen ins Wohnzimmer«, sagte sie. Sie setzte sich auf einen der bequemen Korbsessel beim Fenster. Er ließ sich auf den Sessel neben ihr fallen.

»Ich habe keine Ahnung, was am Wochenende passiert ist.«

Sie unterbrach ihn nicht.

»Aber ich glaube einfach nicht, dass ich Carla in eine Drogensache hineingezogen habe.«

Wieder wartete er auf einen Einwand. Es kam keiner.

»Vielleicht ist alles ganz anders«, sagte er.

»Wie meinst du das?«

Sonnenlicht flutete in den Raum. Durch das große Wohnzimmerfenster konnte Nick schneebedeckte Berge sehen. Ein klarer Herbsttag in einer heilen Welt. Trotzdem. Er musste sie fragen.

»Carla hat an einem Wirtschaftsprojekt gearbeitet. Sie hat angedeutet, dass Paps in etwas verwickelt ist. Traust du ihm illegale Geschäftspraktiken zu?«

Wenn seine Mutter überrascht war, so zeigte sie es nicht. Sie blieb ruhig sitzen und nahm sich Zeit mit der Antwort.

»Nein«, sagte sie. »Man kann vieles über deinen Vater sagen, aber dass er verbotene Dinge tut, nein, das glaube ich nicht. Warum fragst du?«

»Ach, nicht wichtig.« Er senkte den Kopf, damit sie seine Verzweiflung nicht sehen konnte.

»Ich denke schon, dass es wichtig ist. Sonst wärst du nicht hier.«

Das gab ihm den Mut, weiterzusprechen.

»Ich ... ich habe mir überlegt, dass Carla Paps vielleicht bei irgendwas in die Quere gekommen ist. Etwas, das ihm geschäftlich schaden könnte.«

Er schaute sie an, um zu sehen, wie sie darauf reagierte. Sie setzte sich kerzengerade hin.

»Du meinst, er steckt hinter ihrem Verschwinden?« Sie schüttelte den Kopf. »Nein, das kann nicht sein. Unmöglich. Nein.«

Sie bestätigte nur, was er die ganze Zeit gewusst hatte. Sein Vater würde sich nie auf illegale Machenschaften einlassen. Damit reduzierte sich der Kreis der Verdächtigen wieder auf einen – auf ihn. Er war sich nicht sicher, ob er das durchstehen konnte.

Sie stand auf, trat hinter ihn und legte ihm eine Hand auf die Schulter. Er zuckte zusammen.

»Ist es so unerträglich?«, fragte sie.

»Ich versteh's nicht«, sagte er leise. »Seit Jahren schreist du mich entweder an oder ignorierst mich. Und jetzt … jetzt bist du plötzlich so … so anders.«

Seine Mutter trat einen Schritt zurück.

»Du hast mich angerufen. Erinnerst du dich? Du hast nach deinem achten Geburtstag gefragt. Du hast keine Ahnung, was du damit ausgelöst hast.«

Sie hatte Tränen in den Augen. Nick schaute weg.

»Da ist vielleicht doch was …«

»Ja?«

»Ich bin mir nicht sicher, aber es kann sein, dass Albert an einem großen Projekt arbeitet. Er war in den letzten Wochen ungewöhnlich angespannt. Es scheint sehr wichtig zu sein für ihn.«

Nick sprang auf. »Weißt du etwas Genaueres?«

»Ich glaube, er will die Firma verkaufen.«

»Was?« Nick sah sie ungläubig an. »Das kann nicht sein!«

»Das habe ich zuerst auch gedacht. Aber die Dinge sind nicht mehr so, wie sie einmal waren. Nick, du hast deinen Vater nicht gekannt, als er jung war.«

Doch. Er erinnerte sich an ausgelassene Balgereien auf sonnenwarmen Wiesen, an aufgeschürfte Knie, auf die sein Vater behutsam ein Heftpflaster klebte, daran, wie ihm sein Vater stolz seine erste Harley vorgeführt und alle Bestandteile mit der Begeisterung eines kleinen Jungen erklärt hatte. Hier, auf diesem Sofa in diesem Wohnzimmer, hatte ihm sein Vater Geschichten vorgelesen. In einer anderen, längst vergessenen Zeit.

Nick schüttelte den Kopf, als könnte er damit seine Gedanken abschütteln.

»Was hat das mit der ganzen Sache zu tun?«, fragte er lauter als nötig.

»Nun, du hast gefragt. Albert hat nie etwas gesagt, aber ich glaube nicht, dass er wirklich glücklich ist mit der Firma.« Gedankenverloren strich sie mit den Fingern über die Lehne seines Sessels. »Dein Vater fand es spannend, sie aufzubauen, etwas Neues zu schaffen. Du weißt doch, wie er die Dinge anpackt. Immer mehr, immer besser, den anderen immer einen Schritt voraus.«

Nick hatte keine Ahnung, worauf sie hinauswollte. Aber er hörte ihr zu.

»Irgendwann hat er wohl gemerkt, dass er alles erreicht hat, was er wollte. Vielleicht hat er auch gemerkt, dass ihn die Firma verändert hat. Uns verändert hat.« Wieder hatte sie Tränen in den Augen. »Oder sie beginnt ihn zu langweilen. Ich habe das Gefühl, dass er in Gedanken schon einen Schritt weiter ist.«

»Einen Schritt weiter? Wohin?«

»Zurück. Zurück an den Anfang. Wieder etwas Neues aufbauen.«

»Der Weinberg! Habe ich recht?«

Sie nickte. »Ja, ich denke, er will die Firma verkaufen und sich auf die Weinproduktion konzentrieren.«

»Bist du dir sicher?«, fragte Nick.

»Nein, das sind nur Vermutungen. Ich habe versucht, mit ihm zu sprechen, aber er hat abgeblockt. Also habe ich mich mit Simon Forster getroffen, aber der war überzeugt, dass ich mich irre.«

»Du hast mit Simon geredet?« Der Schatten seines Vaters. Offiziell Geschäftspartner, aber immer einen Schritt hinter dem großen Bergamin.

Sie nickte. »Er ist mir über all die Jahre ein guter Freund gewesen und ich habe gehofft, er könne mir helfen. Aber diesmal hatte ich das Gefühl, dass er mir etwas verschweigt.«

»Aber ... Simon müsste es doch wissen, wenn Vater die Firma verkaufen wollte. Soviel ich weiß, sind sie gleichberechtigte Geschäftspartner.«

Sie ging zum Sofa und ordnete die Kissen neu, stellte die Vase vom Tisch auf den Kaminsims und rückte die Sessel zurecht.

»Es gibt Gerüchte, dass Albert die Anteile von Simon übernommen hat. Ihn ausbezahlt hat. Still und heimlich.«

»Warum sollte Simon verkaufen? Er lebt für diese Firma. Hat ja sonst nichts.«

Seine Mutter zögerte. Nick konnte sehen, dass sie mit sich rang.

»Was ich dir jetzt erzähle, sind nur Gerüchte. Du musst versprechen, das niemandem zu verraten. Man erzählt sich, dass Simon spielt.«

»Spielt? Du meinst, im Casino? Glücksspiel?«

Nick konnte sich den unscheinbaren und rechtschaffenen Forster nicht in einem Casino vorstellen und war überrascht, als seine Mutter nickte.

»Simon ist ein Zahlenmensch. Vielleicht hat er gedacht, er könne das System überlisten.«

»Den Code knacken!« Nick hatte gehört, dass es solche Spinner gab, die glaubten, sie kämen hinter das Geheimnis der Zahlen im Glücksspiel. Aber doch nicht Simon! Nick war verwirrt.

»Arbeitet Simon denn noch in der Firma?«, fragte er.

»Ja«, sagte seine Mutter. »Soweit ich das beurteilen kann, läuft in der Firma alles wie immer. Es gibt kein einziges Anzeichen dafür, dass die Gerüchte stimmen. Trotzdem. Mir kommt Simon verändert vor. Irgendwie nervöser als sonst.«

Sie hatte immer ein gutes Gefühl dafür gehabt, wenn etwas nicht stimmte. Nick erinnerte sich an bohrende Fragen, die meistens in die richtige Richtung gezielt hatten. Angenommen, ihr Gefühl ließ sie auch diesmal nicht im Stich? Es würde zu seinem Vater passen, Forster nicht öffentlich bloßzustellen. Vielleicht hatte er ihn ausbezahlt, ihm aber seinen Titel gelassen. Nach außen würde Forster weiterhin als Geschäftspartner auftreten, aber in der Firma hätte er nichts mehr zu melden. Ein cleverer Schachzug seines Vaters, der auf diese Weise alleine über das Schicksal der Firma entscheiden könnte.

Nicks Gedanken rasten und endeten alle in derselben Sackgasse. Keine krummen Dinger, wahrscheinlich sogar ein Geschäftspartner, der nur noch mehr oder weniger willig allem zustimmen konnte. Einem Verkauf der Firma stand absolut nichts im Weg. Sein Vater hatte keinen

Grund, Carla aus dem Verkehr zu ziehen. Es war sinnlos, hier weiter nach etwas zu suchen, das es nicht gab.

»Nick?«

»Ja?«

»Das kam alles zusammen. Diese Ahnung, dass dein Vater die Firma verkaufen will. Die Enttäuschung darüber, dass er nicht mit mir darüber sprechen will. Dein Anruf. Plötzlich wurde mir bewusst, wie wenig dein Vater und ich uns zu sagen haben. Wie viel wir falsch gemacht haben. Ich brauchte einen Platz, wo ich in Ruhe nachdenken konnte. Deshalb fuhr ich hierher.«

Sie lächelte, ein tapferes Kleinmädchenlächeln.

Er hätte ihr gerne etwas Nettes gesagt, aber ihm fiel nichts ein.

»Ich geh dann jetzt«, sagte er matt.

»Brauchst du Geld?«

Eigentlich schon. Aber er wollte diesen Moment nicht kaputt machen, indem er sie darum bat.

Als er die Tür öffnete, blickte er direkt in die Augen eines Polizisten.

»Nicolas Bergamin?«

»Nein«, sagte Nick und versuchte, an dem Mann vorbeizukommen.

Der Polizist hielt ihn fest.

»Sind Sie seine Mutter?«, fragte er.

Sie nickte.

»Wir haben einen Anruf von Frau Erna Stieger bekommen. Sie sagt, Ihr Sohn habe ein Motorrad entwendet.«

»Das muss ein Irrtum sein«, antwortete Nicks Mutter. »Mein Mann hat es Nick erlaubt, mich mit dem Motorrad zu besuchen.«

»Dann müssen wir wohl auch mit ihm sprechen«, meinte der Polizist. »Ihr Sohn hat keinen Führerschein und obwohl er wegen einer Vermisstenanzeige für die Polizei Buchs jederzeit erreichbar sein sollte, ist er durch die halbe Schweiz zu Ihnen gefahren. Es besteht Fluchtgefahr. Ich muss ihn festnehmen.«

Nick drehte sich um und lächelte seine Mutter schief an. Sie hatte für ihn gelogen. Er konnte den Ausdruck in ihren Augen nicht deuten, aber es lag Wärme darin. Widerstandslos ließ er sich abführen.

14

Der Polizist ging auf Nummer sicher. Er legte Nick Handschellen an und fuhr ihn direkt nach Buchs. Dort empfing ihn Caduff in seinem Büro. Er schaute Nick grimmig an. Noch grimmiger war der Blick, den er seinem Kollegen zuwarf. »Handschellen? War das wirklich nötig?«

»Vielleicht nicht. Aber dieser Kerl hat die Bündner Polizei zu oft an der Nase herumgeführt. Es war mir ein Vergnügen, ihm die Dinger anzulegen. Das ist inoffiziell. Die offizielle Version lautet Fluchtgefahr.«

Caduff bugsierte seinen grinsenden Kollegen aus dem Zimmer. Er zog die Tür hinter sich zu, holte eine Flasche Mineralwasser aus einem uralten Kleinstkühlschrank, griff nach zwei Gläsern auf einem Regal, das genauso alt war wie der Kühlschrank, und setzte sich auf seinen Stuhl.

»Wird Zeit, dass wir ins neue Gebäude umziehen«, murmelte er und goss das Wasser in die Gläser. »Zwei Monate noch.« Er warf einen Blick auf die abenteuerlich gestapelten Aktenberge auf seinem Schreibtisch und seufzte. Während er einen freien Platz für die Gläser suchte, musterte er Nick.

»Setz dich!«, befahl er. »Du hast wirklich ein ungeheures Talent dafür, dich so richtig schön in die Scheiße zu reiten. Was hast du dir dabei gedacht?«

Nick schwieg.

»Setz dich hin!«, befahl Caduff noch mal. Doch Nick stand reglos da und klammerte sich an die Stuhllehne. Er hatte das Gefühl, sein Körper entziehe sich seiner Kontrolle. Er sah Bilder von Carla, wie sie tot an einem Fluss lag, ihre Augen weit offen, Blut auf ihrem Gesicht.

»Nick!«

Der Ruf schreckte Nick aus seiner Starre. Er setzte sich hin.

»Du bist ziemlich fertig, nicht wahr?«

Nick antwortete nicht.

»Ich habe heute eine Menge Leute befragt. Keiner kann sich vorstellen, dass Carla Drogen genommen hätte.«

Die Worte drangen nur langsam zu Nicks Hirn durch.

»Nick, was auch immer passiert ist, ich glaube, es ist nicht das, wonach es aussieht.«

Verwirrt schaute ihn Nick an.

»Ich habe mit Kristen Hess gesprochen. Sie meint, dass Carla etwas herausgefunden hat.«

»Ich weiß«, antwortete Nick, »aber ich bin ziemlich sicher, dass mein Vater nichts damit zu tun hat.«

»Aha, darum warst du in Celerina. Du hast deine Mutter gefragt, was sie von der Sache hält.«

»Ja.«

»Mit einem geklauten Motorrad und ohne Führerschein!«

»Ach, scheiß drauf«, entfuhr es Nick, »als ob das noch eine Rolle spielt.«

Caduff trank einen Schluck Mineralwasser.

»Weißt du, was mir auffällt?«, fragte er. »Dass du jedes Mal, wenn ich dir helfen will, anfängst zu fluchen.« Bedächtig schob er sein Glas etwas zur Seite und beugte sich vor. »Ich denke, das können wir uns schenken. Du nicht?«

Verlegen blickte Nick auf einen der dicken Stapel.

»Was hättest du als Nächstes getan?«, fragte Caduff.

»Wenn der Bulle mich nicht verhaftet hätte?«

»Ja.«

»Ich weiß nicht.«

Caduff versorgte die Flasche mit dem Mineralwasser wieder im Kühlschrank, stellte sich ans Fenster und kratzte sich am Kinn.

»Ich brauche deine Hilfe«, sagte er.

»Was? Warum?« Nick verstand nicht, was das jetzt sollte.

»Ich glaube, du und Kristen habt euch ein paar interessante Gedanken gemacht, Gedanken, die es wert sind, dass man ihnen nachgeht. Ich will aber nicht, dass in der Firma deines Vaters der Eindruck entsteht, die Polizei hege einen Verdacht. Was sie offiziell auch nicht tut. Das hier ist inoffiziell, um meinen Kollegen zu zitieren.«

»Und wie kann ich Ihnen helfen?«, fragte Nick ratlos.

»Ich möchte, dass du hingehst.«

»Das ist nicht Ihr Ernst.«

»Doch.«

»So was dürfen Sie gar nicht!«

»Das ist mein Problem«, entgegnete Caduff knapp.

»Warum?«, fragte Nick noch einmal.

»Weil hier alle von einem dummen, schiefgelaufenen

Streich ausgehen und fest damit rechnen, dass Carla jeden Moment zerknirscht zur Türe hereinspaziert.«

»Und Sie?«

»Ich habe das ungute Gefühl, dass sie nicht einfach so wiederkommen wird.«

»Sie denken, Carla ist etwas passiert?«

Caduff sagte nichts, aber sein Gesichtsausdruck verriet mehr, als Nick wissen wollte.

»Komm, wir gehen«, sagte er, »wir treffen noch jemanden.«

Nick saß mit Kristen und Caduff auf einer Bank am Ufer des Binnenkanals, gut abgeschirmt hinter Bäumen und Sträuchern.

Dort, wo die Sonne durch die Bäume drang, reflektierten sich ihre Strahlen glitzernd im Wasser. Herbstblätter schwammen wie kleine Schiffchen an ihnen vorbei. Auf der anderen Seite des Kanals weideten Schafe und Pferde. Sollten sie von jemandem bemerkt werden, würde er denken, dass sich hier ein paar Ausflügler zu einem Picknick getroffen hätten.

»Ich habe mir die Projektarbeit auf Carlas Computer angesehen«, sagte Kristen. »Auf dem PC ist nichts zu finden, aber sie hat Notizen auf ihre Ausdrucke gemacht. Sie hat Stellen im Organigramm angestrichen und mit Anmerkungen versehen. Im öffentlich gemachten Jahresbericht sind Zahlen eingekreist und mit Fragezeichen versehen. Und irgendwo steht *Bergamin auf Widersprüche ansprechen.*«

Caduff schaute sich das Material an, das Kristen mitgebracht hatte.

»Bei uns läuft die Sache als Vermisstenmeldung«, sagte er. »Bucher, mein Chef, geht davon aus, dass Nick und Carla heimlich nach Berlin gefahren sind, dass die Sache dort aus dem Ruder gelaufen ist und Carla sich nun nicht traut, nach Hause zu kommen. Ein dummer Streich. Wir haben die Berliner Polizei kontaktiert. Bis jetzt ist dort aber noch niemand gemeldet worden, auf den Carlas Beschreibung passt. Keine Spur von ihr.«

»Susanna und ich haben unzählige Male versucht, Carla auf ihrem Handy zu erreichen«, sagte Kristen.

»Und?«, fragte Caduff.

»Nichts«, antwortete Kristen. »Ich habe ihr auch mehrere SMS geschickt, die aber alle unbeantwortet geblieben sind.«

»Bucher würde sagen, dass das völlig ins Bild passt. Sie traut sich nicht, sich zu melden.«

»Und Sie?«, fragte Kristen. »Denken Sie das auch?«

»Gut möglich«, antwortete Caduff. »Ich habe zu viele Geschichten erlebt, die ganz ähnlich abgelaufen sind. Trotzdem sagt mir irgendwas, dass es hier anders sein könnte.« Nachdenklich schaute er Nick an. »Dein Handy ist verschwunden und deine Kleidung war ziemlich schmutzig, als du am Bahnhof gefunden worden bist.«

»Ich lag ja auch auf dem Boden.«

»Sogar dafür scheinen mir die Kleider zu schmutzig. Hast du eine Erklärung dafür?«

Nick schüttelte den Kopf. »Aber da ist noch was anderes«, sagte er. »Meine Mutter vermutet, dass bei *b&fTech* ein größeres Ding laufen könnte. Sie ist sich nicht sicher, aber es kann sein, dass mein Vater in Verkaufsverhandlungen steckt.«

»Dann ist das Letzte, was er jetzt brauchen kann, Wirbel um seine Firma oder seine Familie.« Caduff steckte die Unterlagen, die Kristen mitgebracht hatte, in eine Mappe. »Ja, das wäre ein Motiv. Das heißt aber auch, dass wir die Sache sehr vorsichtig angehen müssen.«

»Ich gehe hin«, sagte Nick.

»Wohin?«, fragte Caduff.

»Zu *b&fTech*. Wie Sie gesagt haben.«

»Dann schlage ich vor, dass du mit Simon Forster sprichst«, sagte Caduff.

Nick überlegte, ob er Caduff von den Gerüchten um Forsters Spielsucht erzählen sollte, entschied sich aber dagegen. Das konnte er später immer noch tun. Und vielleicht stimmte es ja auch gar nicht.

»Nein. Ich muss zu meinem Vater. Meine Mutter hat mit Simon gesprochen. Er ist ihr ausgewichen. Ich glaube nicht, dass er mir etwas sagen würde. Ich erkläre meinem Vater, dass ich in Schwierigkeiten bin, und bitte ihn um Hilfe.« Hatte er das wirklich gesagt? Er musste verrückt sein.

»Und dann?«

»Dann ... Ich weiß nicht. Hängt davon ab, wie er reagiert.«

Caduff nickte. »Ja, seine Reaktion würde mich interessieren.« Nachdenklich blickte er den vorbeischwimmenden Blättern nach.

Nick fielen die Worte seines Vaters ein. *Mach diesmal nichts kaputt*, hatte er gesagt. Mehr als jetzt konnte gar nicht mehr kaputtgehen!

Caduff stand auf. »Du kommst mit mir.«

15

Aus der Küche drang das Geräusch einer Kaffeemaschine. Nick lag in Caduffs Gästezimmer und dachte über die letzten zwei Tage nach. Er wurde nicht schlau aus diesem Bullen. Einen Verdächtigen bei sich aufzunehmen und auf eigene Faust zu ermitteln, konnte ihn in Schwierigkeiten bringen. Nick schlug die Decke zurück und setzte sich auf den Rand des Betts. Seine Füße berührten den kalten Boden. Er seufzte, schlüpfte in seine Kleider und ging in die Küche. Caduff stand neben dem Herd und las in einer Zeitung. Er hob den Kopf.

»Wie geht's?«

»Geht so«, antwortete Nick.

»Willst du frühstücken?«

»Nein, hab keinen Hunger. Können wir gleich los?«

Caduff nickte. »Ich trinke nur noch meinen Kaffee.«

Während ihrer Fahrt nach Bad Ragaz prasselte Regen gegen die Windschutzscheibe. Caduff parkte den Wagen in einiger Entfernung der Firma.

Obwohl ihm ein kalter Wind den Regen ins Gesicht

peitschte, ließ sich Nick Zeit. Er fürchtete sich vor der Begegnung mit seinem Vater und wollte sie so lange wie möglich hinausschieben.

Schließlich stand er doch in der Eingangshalle von *b&fTech*. Selbst an diesem wolkenverhangenen Tag wirkte sie hell und freundlich. Überall standen Pflanzen und hinter einer schlichten hölzernen Theke saß die Empfangsdame, die schon seit Jahren hier arbeitete und deren Namen er sich nie merken konnte. Sie sah ihn verwundert an.

»Nicolas?«

Er schlenderte in Richtung Empfang.

»Ist mein Vater schon hier?«

Die Frau musterte ihn. »Ja, du hast Glück. Er ist gestern Abend aus London zurückgekommen. Soll ich dich anmelden oder weiß er, dass du kommst?«

»Er weiß Bescheid«, log Nick.

»Immer noch das letzte Büro rechts.« Sie wandte sich ihrem Computer zu.

Betont gleichgültig ging Nick zur Treppe. Er sah, wie die Frau zum Hörer griff. Sein Vater würde ihn erwarten.

Noch konnte er umkehren. *Lauf!* Der Gedanke bohrte sich mit jedem Schritt heftiger in sein Hirn, doch Nick trotzte ihm. Mit gesenktem Blick, damit er nicht sehen konnte, wie das Ende der Treppe unweigerlich näher kam, zwang sich Nick Stufe um Stufe nach oben. Er hörte Schritte und schaute hoch. Ein hagerer Mann in Jeans und einer abgewetzten Lederjacke kam ihm entgegen. Nicks Blick blieb an den kalten blauen Augen des Mannes hängen. Männer wie diesen hatte Nick in seiner Drogenzeit kennen gelernt. Typen, die auf der anderen Seite des

Gesetzes standen und rücksichtslos und unbarmherzig ihre Ziele verfolgten. Was tat so einer in der Firma seines Vaters? In Gedanken versunken bog Nick in den langen Korridor, an dessen Ende sich das Büro seines Vaters befand.

»Nick?«

Er fuhr herum. Aus einer offenen Bürotür kam ihm Simon Forster entgegen. »Nick«, wiederholte er. »Was tust du denn hier?«

»Hallo, Simon.«

»Ich habe dich schon lange nicht mehr gesehen.« Forster legte ihm eine Hand auf die Schulter.

»Ja, lange her.«

»Geht es dir gut?«

»Es geht.« Nick wich einen Schritt zurück.

»Entschuldigung«, sagte Forster und nahm die Hand von Nicks Schulter. »Ich vergesse manchmal, dass ihr jungen Leute so etwas nicht mögt.«

»Schon okay.«

»Willst du zu deinem Vater?«

»Ja.«

Über Forsters Gesicht zog sich ein etwas gequältes Lächeln. Nick fragte sich, ob es ihm galt oder eher seinem Vater. »Ich fürchte, ich bin nicht so gut in solchen Familienangelegenheiten. Ist wohl besser, wenn ich dich jetzt gehen lasse.«

Nick wusste, dass Forster sich mit seinen Zahlen immer wesentlich wohler gefühlt hatte als unter Menschen. Vielleicht war er deshalb so seltsam. Oder gab es noch einen anderen Grund?

»Geht mir manchmal auch so«, sagte er.

»Was?«

»Das mit den Familienangelegenheiten. Aber danke.«

»Danke wofür?« Forster schaute ihn verwirrt an.

»Dass du gefragt hast, wie es mir geht.« Forster deutete in Richtung Albert Bergamins Tür.

»Na dann, viel Glück.«

»Kann ich brauchen. Ach, sag mal, Simon, ich habe vorher auf der Treppe einen komischen Typen gesehen.«

Durch Forsters Körper ging ein Ruck. »Was meinst du?«

»Na, so einen, der nicht in die Firma passt. Groß, blond, hager. Trug Jeans und eine Lederjacke. Nicht gerade das, was man bei euch trägt.«

»Bist du sicher?«

»Ja.«

»Vielleicht ein Bote, der etwas geliefert hat. Ich werde der Sache nachgehen.« Forster sah besorgt aus. Er ließ Nick im Flur stehen und zog sich zurück.

Ohne anzuklopfen betrat Nick das Büro. Sein Vater stand am Fenster und drehte sich erst um, als Nick die Tür hinter sich geschlossen hatte.

»Hallo, Nicolas.«

»Hallo.« Nick versteckte seine Hände in den Hosentaschen. »Ich möchte mit dir sprechen.«

»Worüber?«

»Ich habe ein Problem.«

»Ah ja?«

Nick hasste diesen leicht spöttischen Unterton.

»Carla ist verschwunden, und die Polizei glaubt, dass ich daran schuld bin.«

»Willst du das etwa abstreiten?«

»Ich ... ich weiß nicht. Darum brauche ich ja deine Hilfe.«

»Verkauf mich nicht für dumm!«

Sein Vater griff nach einem Umschlag auf dem Schreibtisch. Nick verstand nicht, was das sollte. Wollte er ihm Geld geben?

Im Umschlag steckte kein Geld. Sein Vater zog Fotos hervor. Eins nach dem anderen:

Nick, wie er seinen Arm hob, um einen Typen aus Thomas' Motorradgang vor dem *Manhattan* zu schlagen.

Nick, wie er durchnässt und mit blutender Nase neben dem Brunnen auf dem Kreisel stand.

Nick, wie er mit Mike, dem Drogendealer, auf der Churer Bahnhofstraße verhandelte.

Nick, wie er vor die Tür von Susannas Laden trat und sich suchend umsah, als wolle er sicher sein, dass ihn niemand sah.

Nick schluckte. Bevor er etwas sagen konnte, legte sein Vater die letzten zwei Fotos auf den Tisch.

Nick mit Carla, eng umschlungen auf einer Wolldecke in einem Park.

Nick, wie er Carla zwischen die Beine griff, eine Hand auf ihrer Brust.

Fassungslos starrte Nick auf die Fotos. Das konnte nicht sein! Er wich zurück, bis er mit dem Rücken gegen die Wand stieß.

»Nein«, flüsterte er.

Sein Vater kam auf ihn zu, packte ihn an den Schultern und hielt ihn fest.

»Doch«, sagte er. »Und jetzt sag mir, was hier los ist.«

»Ich weiß nicht!«

»Du bist ein elender Lügner!« Sein Vater ließ ihn los. »Du gehst jetzt zur Polizei und sagst ihnen, wo Carla steckt. Sonst gehe ich. Und dann, dann wirst du einmal in deinem Leben die Konsequenzen für dein Handeln tragen.«

Bloß raus hier! Nick stieß seinen Vater heftig zurück und stolperte zur Tür. Er riss sie auf, stürmte den Gang entlang, die Treppe hinunter, durch die Halle. Blindlings rannte er aus dem Gebäude. Zwischen den Autos auf dem Parkplatz hindurch, durch Seitenstraßen, an Häusern und Bäumen vorbei. Erst beim See im Park blieb er keuchend stehen. Sein Herz raste. In seinem Kopf lief ein Endlosclip der Bilder, die sein Vater ihm gezeigt hatte. Bei jedem Herzschlag ein neues. Sein Vater hatte recht, er war ein absolut elender Scheißkerl.

Nick ließ sich rücklings ins Gras fallen, breitete die Arme aus und schloss die Augen. *All my lies are only wishes.* Ken Healy, sein letzter Englischlehrer, hatte diesen Satz an die Wandtafel geschrieben und Nick dann lange angesehen. Der Typ hatte ihn durchschaut. Ganz deutlich sah Nick den Satz mit weißer Kreide auf der schwarzen Tafel. *Alle meine Lügen sind nichts als Wünsche.* Healy hatte recht gehabt. Nicks Leben war eine endlose Reihe von Lügen. Und die größte Lüge war die, nichts mit Carlas Verschwinden zu tun zu haben. Wunschdenken. Er, er ganz allein war an Carlas Verschwinden schuld. Aber warum? Was hatte er ihr beweisen wollen? Dass er eben doch nichts taugt? Der Regen prasselte auf ihn herab, während er Carla vor sich sah, wie sie ohne anzuklopfen in sein Zimmer gestürmt kam.

Sie ließ sich auf sein Bett plumpsen, hielt ihr Mathebuch in die Höhe und wedelte damit durch die Luft.

»Hör mal, du hast all diese teuren Internate besucht. In irgendeinem haben sie dir doch sicher die Wahrscheinlichkeitsrechung erklärt. Kannst du mir helfen?«

Sie schlug ihr Buch auf, klappte es wieder zu und verdrehte dabei die Augen. »Ich kapier das nicht.«

»Was denkst du, weshalb ich von all diesen Internaten geflogen bin?«, fragte Nick.

»Nun ja, einmal wegen der Drogen, die sie bei dir gefunden haben. Dann wegen dem Mädchen auf deinem Zimmer, dem du wohl definitiv keine Wahrscheinlichkeitsrechnungen erklärt hast.« Sie grinste. »Du siehst, ich hab mich genau erkundigt, was da für einer zu uns zieht. Allerdings konnte oder wollte mir niemand sagen, was in Internat Nummer drei und vier vorgefallen ist.«

Sie sprach Dinge aus, über die alle anderen lieber schwiegen. Gut, wenn sie es so wollte!

»In Nummer drei habe ich mich mit einem Lehrer geprügelt und in Nummer vier habe ich mir mit dem Geld aus der Bürokasse ein schönes Wochenende gemacht.«

»Wenigstens scheinst du nicht besonders stolz darauf zu sein«, bemerkte sie.

Er zuckte mit den Schultern. »Bin ich auch nicht.«

»Warum hast du denn all den Mist gebaut?« Sie schaute ihn neugierig an.

»Lange Geschichte«, sagte er und wandte sich ab.

»Und du hast natürlich null Bock, darüber zu reden, oder?«

»Erfasst.«

»Okay. Wenn ich also kurz zusammenfassen darf: Du

bist von keiner dieser Schulen wegen mangelnder schulischer Leistungen geflogen. Also besteht für mich eine Chance, diese blöden Wahrscheinlichkeitsrechnungen doch noch erklärt zu bekommen.«

»Fehlanzeige. Meine schulischen Leistungen, wie du das so schön nennst, waren grottenschlecht.«

Carla legte ihr Buch auf die Bettdecke. »Muss ziemlich krass gewesen sein.«

Wieder zuckte er mit den Schultern.

»Das ist ja auch eine Antwort.«

Er sah, dass sie sauer war, aber er wollte wirklich nicht über seine vermasselte Schulzeit reden. Sie stand auf und ging. Ihr Mathebuch hatte sie vergessen, es lag immer noch auf seinem Bett. Er griff danach und schlich damit bis zu ihrem Zimmer. Leise legte er das Buch vor ihre Tür und klopfte kurz an. Dann ging er rasch zurück in sein Zimmer. Ein paar Minuten später schob sie einen Zettel unter seiner Tür durch. *Beweis mir, dass du es kannst.*

16

»Hey.« Caduff stand über ihm. In seiner linken Hand hielt er einen großen gelben Regenschirm. »Was tust du hier?«

»Ich war's! Ich hab's getan.«

Caduff streckte den Arm aus. Nick ergriff seine Hand und ließ sich hochziehen. Wortlos standen sie da, während Caduff vergeblich versuchte, den Windböen zu trotzen und den Schirm über ihre Köpfe zu halten.

»Komm, wir gehen nach Hause«, sagte er.

»Geht nicht.« Nick war ganz ruhig. »Wir müssen zu meinem Vater. Er hat Hinweise. Und Beweise.«

Caduff sah ihn fragend an.

»Fotos«, erklärte Nick. »Er hat Fotos. Vielleicht helfen die euch weiter.«

»Das kann warten. Du siehst aus, als müsstest du dringend in trockene Kleider und eine warme Wohnung.«

Nick schüttelte den Kopf. Es gab keinen warmen Ort. Es gab nur die Wirklichkeit, und die war so kalt, wie er sich fühlte.

Die Frau am Empfang versuchte erfolglos, ihre Verärgerung hinter einem aufgesetzten Lächeln zu verbergen. Missmutig schaute sie auf die kleinen Pfützen, die sich um Caduff und Nick bildeten.

»Josef Caduff von der Kantonspolizei St. Gallen«, meldete sich Caduff an. Die Verärgerung im Gesicht der Frau wich schlecht versteckter Neugierde.

»Wir möchten zu Herrn Bergamin.«

»Er ist in seinem Büro.«

»Du gehst voran«, sagte Caduff zu Nick und folgte ihm die Treppe hoch. Vor dem Büro seines Vaters trat Nick zur Seite. Im Gegensatz zu ihm klopfte Caduff an. Er wartete sogar eine Antwort ab. Erst nach einem knappen »Herein« öffnete er die Tür des Büros.

»Herr Bergamin? Albert Bergamin?«, fragte er.

»Ja«, antwortete Nicks Vater. Er schaute kurz zu Nick, der den Raum hinter Caduff betreten hatte.

»Josef Caduff von der Kantonspolizei St. Gallen«, stellte sich Caduff zum zweiten Mal vor.

»Das ging aber schnell«, meinte Bergamin mit einem Seitenblick auf Nick.

Caduff ignorierte die Bemerkung. »Ich höre, Sie haben Fotos. Kann ich mir die ansehen?«

Bergamin öffnete die unterste Schublade seines Schreibtisches und zog einen Umschlag heraus.

»Hier«, sagte er.

Eins nach dem anderen sah sich Caduff die Bilder an. Er tat dies sehr langsam und ohne etwas dazu zu sagen.

Nick konnte die Fotos nicht sehen, aber jedes Mal, wenn Caduff ein neues Bild betrachtete, fühlte er sich ein wenig kleiner. Er beobachtete seinen Vater, der es schaffte, einen passenden Gesichtsausdruck zwischen Besorgnis und Ärger aufzusetzen. Die richtige Reaktion im richtigen Moment. Alles an Albert Bergamin war perfekt. Immer. Das Auftreten, der teure Anzug, die Ruhe, die Gesten. Sicher und unerschütterlich ging dieser Mann durchs Leben.

Nick erinnerte sich, wie er als kleines Kind Teil dieser perfekten Welt gewesen war. Er hatte die Bilderbuchfamilie komplett gemacht, bis er kurz nach seinem zehnten Geburtstag an einem Empfang heimlich die Weingläser der Gäste leer getrunken und dann der Frau des englischen Botschafters unters Kleid geschaut hatte. Niemand hatte das amüsant gefunden. Danach musste er beim Kindermädchen bleiben.

Nick wurde sich plötzlich seines Aussehens bewusst. Er stand in einer kleinen Pfütze, seine schmutzigen Schuhe hatten deutliche Spuren auf dem Teppich hinterlassen. Ein jämmerlicher Kontrast zu seinem Vater. Er war vom perfekten Sohn zum unkontrollierbaren Flegel geworden. Was für eine Niederlage für seinen Vater. Alles war ihm gelungen, alles außer der Erziehung seines Sohns. Nick wusste, dass es ihn maßlos ärgerte, ausgerechnet bei seinem Sohn versagt zu haben.

Caduff ließ sich Zeit mit den Fotos. Schließlich legte er sie zurück auf den Schreibtisch.

»Woher haben Sie diese Bilder?«

»Der Umschlag lag heute Morgen auf meinem Schreibtisch. Ich habe keine Ahnung, wie er da hingekommen ist.«

»Warum haben Sie nicht sofort die Polizei benachrichtigt?«

Albert Bergamin zögerte keinen Moment. »Ich habe den Umschlag nicht gleich geöffnet. Da ich erst gestern Abend spät aus London zurückgekommen bin, gab es eine Menge zu erledigen. Als ich dann den Inhalt des Umschlags sah, wusste ich sofort, dass ich handeln musste. Aber bevor ich dazu kam, stand durch einen merkwürdigen Zufall mein Sohn bei mir im Büro.« Er betonte das Wort *merkwürdig* und blickte zu Nick hinüber.

»Wie siehst du denn aus?«, fragte er, als nehme er Nick erst jetzt wahr.

Nick ignorierte die Frage. Mit schlurfenden Schritten ging er zum weißen Ledersofa beim Fenster und verlängerte dabei die Schmutzspur auf dem Teppich. Betont langsam setzte er sich hin.

»Ach, Nicolas. Immer noch der Alte.«

Das saß. Ja, immer noch der Alte. Immer noch derselbe Idiot. Nick stand auf und wollte den Raum verlassen.

»Bleib hier«, sagte Caduff ruhig. »Was hat Ihr Sohn von Ihnen gewollt?«, fragte er Bergamin.

»Er sagte, er habe Probleme. Das ist leider nichts Neues, nur hat er es diesmal definitiv zu weit getrieben.«

»Wie meinen Sie das?«

»Er hat die Familie meiner Schwägerin in seine unsäglichen Spiele mit hineingezogen.«

»Was macht Sie da so sicher?«

»Kennen Sie seine Akte? Dann muss ich Ihnen nichts erklären.«

»Ich wäre froh, wenn Sie es trotzdem versuchten.«

Nick beobachtete, wie sein Vater einen goldenen Füller vom Schreibtisch nahm und ihn gedankenverloren in seinen Händen drehte.

»Nicolas ... er war kein einfaches Kind. Er hat schon früh Grenzen überschritten. Je mehr meine Frau und ich versuchten, Regeln für ihn aufzustellen, desto weniger hielt er sich daran. Das führte zu unangenehmen Schulwechseln und harten Auseinandersetzungen. Er geriet mit dem Gesetz in Konflikt. Soweit es mir möglich war, habe ich ihm unterstützend zur Seite gestanden. Aber nach dem Unfall ging das einfach nicht mehr.« Er verstummte und rang nach Worten.

Caduff sprang für ihn ein. »Und dann haben Sie dafür gesorgt, dass er bei der Familie Ihrer Schwägerin unterkam.«

»Ja. Meine Frau und ich haben lange um diese Entscheidung gerungen. Leicht ist es uns nicht gefallen. Aber nach Gesprächen mit Vertretern des Jugendamtes waren wir uns sicher, dass dies der richtige Schritt war. Und jetzt das.« Er legte den Füller zurück auf den Schreibtisch. »Ich mache mir Vorwürfe. Mein Sohn hat offensichtlich etwas mit Carlas Verschwinden zu tun. Er lügt. Die Fotos sprechen eine deutliche Sprache.«

»Lassen Sie das meine Sorge sein.« Caduff warf Nick einen Blick zu, der nichts Gutes verhieß. »Und Sie sind sicher, dass Sie nicht wissen, von wem die Bilder sind?«, hakte er nach.

»Ganz sicher.«

»Ich werde die Fotos mitnehmen müssen.« Noch während er sprach, packte Caduff die Bilder in den Umschlag. »Ich möchte Sie bitten, die Angelegenheit vorläufig für sich zu behalten. Wir werden uns bei Ihnen melden.«

Nick verachtete Caduff für seine übertriebene Höflichkeit.

»Ich hätte nur noch eine Frage«, sagte Caduff.

»Ja?«

»Wie kommt es, dass Sie schon vom Verschwinden Ihrer Nichte wissen? Sie sind ja erst gestern Abend zurückgekommen.«

Bergamin strich seine Krawatte glatt. »Martin Egger hat mir eine Nachricht hinterlassen und ich habe mich gleich nach meiner Rückkehr mit ihm in Verbindung gesetzt. Kein leichtes Gespräch, das können Sie mir glauben.«

»Wir tun, was wir nur können, um Ihre Nichte zu finden«, versprach Caduff. Er wandte sich an Nick. »Gehen wir!«

Schweigend verließen sie das Gebäude. Es regnete nicht mehr, aber ein kalter Wind blies ihnen entgegen. Caduff redete erst, als er die Wagentür aufschloss.

»Was sollte das vorhin im Büro?« Der Ärger in seiner Stimme war nicht zu überhören.

Nick senkte den Kopf und schwieg.

»Steig ein!«

Caduff wartete, bis Nick im Wagen saß. Dann schwang er sich auf den Fahrersitz, startete den Motor und schaute stur geradeaus. Es dauerte eine ganze Weile, bis er endlich etwas sagte.

»Denkst du, es war ein Vergnügen, dich bei diesem Mistwetter zu suchen?« Er schlug mit der Hand auf das Steuerrad. »Ich Idiot hatte doch tatsächlich Mitleid, als ich dich da so liegen sah. Und dann? Kaum betrittst du das Büro deines Vaters, verwandelst du dich in einen absoluten Kotzbrocken. Kannst du mir das vielleicht erklären?«

»Fick dich, Caduff!« Nick erschrak. Das hatte er nicht sagen wollen.

»Sag das noch mal!«

»Fick dich!«

Caduff trat auf die Bremse, stieg aus, öffnete die Tür auf Nicks Seite und zerrte ihn aus dem Wagen.

»So nicht, Nick. So nicht! Hast du mich verstanden?«

Wütend starrte ihn Caduff an. Nick hielt dagegen. Sie standen sich gegenüber und fochten einen stillen Kampf aus.

»Ach, was soll's.« Caduff zuckte mit den Schultern. »Dein Seelenleben ist nicht mein Problem. Ich muss Carla finden.«

Er ging um den Wagen herum.

»Scheiße!«, schrie Nick. »Warte!«

Caduff blieb stehen.

»Du bist nicht mein Vater, verstehst du? Ich ertrag es nicht, wenn du so mit mir redest wie er!«

»Das gibt dir kein Recht, so was zu mir zu sagen.«

Caduff schaute Nick an. Nick wich seinem Blick aus.

»Nein, gibt es nicht. Tut mir leid.«

»Akzeptiert. Steig ein. Wir stehen mitten auf der Straße.«

Caduff fuhr los. Nick dachte an die Fotos und an Carla. Er schaute zu Caduff, der plötzlich sehr müde aussah. Was hatte er getan? Was um alles in der Welt hatte er getan?

»Ich will zur Polizei.«

»Ich bin die Polizei. Wir fahren jetzt erst mal zu mir. Du gehst duschen und ziehst dir warme Sachen an. Danach unterhalten wir uns.«

Caduff parkte den Wagen in der Einfahrt zu seinem

Haus. Sie betraten den Flur, in dem es angenehm warm war.

»Warte hier«, sagte Caduff. Er verschwand in seinem Schlafzimmer und kam mit einem Bündel Kleider zurück.

»Lass dir Zeit.«

Caduff wartete im Wohnzimmer auf ihn.

»Hab ich mir gedacht, dass sie passen. Ist gar nicht lange her, da habe ich die selber noch getragen. Sollte wohl wieder mehr Sport machen.«

Er saß am Esstisch, vor ihm standen zwei Tassen Tee.

»Hier, die ist für dich.«

»Ich mag keinen Tee.« Nick blieb stehen.

Caduff zog die Fotos aus dem Umschlag und legte sie auf den Tisch. Nick vermied es, die Bilder aus dem Park anzusehen, zu sehr schämte er sich dafür.

»Hast du eine Ahnung, wie das aussieht?« Caduff wartete nicht auf eine Antwort. »Sieht doch genau so aus, als ob sich zwei Teenager einmal so richtig austoben wollen. Nur dass die Situation auf einmal außer Kontrolle gerät. Der Junge setzt sich zugedröhnt in den Zug nach Hause, das Mädchen bleibt in Berlin. Weil es Schiss hat zurückzukommen. Kommt dir das bekannt vor?«

Nick schüttelte den Kopf. »Nein, du irrst dich.«

Caduff schien sich nicht an der vertraulichen Anrede zu stören. Vielleicht war das ein gutes Zeichen. Nick setzte sich zu ihm an den Tisch.

»Du warst dort.«

»Ja, sieht so aus.«

»Erzähl mir davon.«

»Kann ich nicht.«

»Warum? Weil du Carla versprochen hast, sie nicht zu verraten?«

»Nein!«

»Warum dann?«

»Weil ich mich nicht erinnern kann.«

»Weißt du was? Mir geht diese Ich-kann-mich-nicht-erinnern-Nummer langsam gewaltig auf die Nerven.« Caduff wurde laut. »Ich denke, dass du uns hier alle mächtig verarschst!«

»Nein!«, schrie Nick.

»Oh doch. Diese Fotos sind eindeutig. Ich muss sie meinem Vorgesetzten zeigen.«

»Dann mach das doch!« Mit einer wütenden Handbewegung fegte Nick die Fotos vom Tisch.

Caduff packte ihn unsanft am Arm. »Ich hätte gerne vorher mit dir darüber gesprochen.«

»Warum?«

»Weil du bockig genug bist, dir alles zu versauen. Wenn du mir die Wahrheit sagst, kann ich dir vielleicht helfen. Du wirst jetzt diese Fotos wieder aufheben und mir sagen, wo Carla ist.«

Nick schwieg. Caduff verstärkte seinen Griff und zog ihn zu sich heran.

»Sie kann sich nicht ewig verstecken. Wenn du sie deckst, weil sie dich darum gebeten hat, hör jetzt auf damit. Das hier ist kein Spiel!«

Nick sah die Entschlossenheit in Caduffs Blick, fühlte den Schmerz in seinem Arm.

»Ihr seid ausgeflippt. Und jetzt wisst ihr nicht, wie ihr da wieder rauskommt. Verdammt, Nick, so was kann passieren. Aber es reicht jetzt!«

Caduff ließ Nicks Arm los. Er stand auf und ging im Zimmer auf und ab. Nick hob die Fotos auf und legte sie auf den Tisch zurück. Einmal mehr sah sich Caduff die Bilder aufmerksam an.

»Irgendwas geht hier nicht auf«, murmelte er. »Sogar wenn du lügst wie gedruckt, passen die Fotos nicht in die ganze Geschichte.«

Nick lehnte sich gegen den unsäglich geschmacklosen Wohnzimmerschrank und beobachtete, wie Caduff den Kopf schüttelte, ein Foto nach dem anderen in die Hand nahm und genau anschaute.

»Jemand hat dich immer dann fotografiert, wenn du in einer unvorteilhaften Situation warst.« Caduff breitete die Fotos wieder auf dem Tisch aus. »Offenbar hat jemand Interesse daran, dass du ganz schlecht dastehst. Wer ist das? Warum und wie landen die Fotos auf dem Schreibtisch deines Vaters?« Caduff stieß gegen einen Stuhl, der polternd zu Boden fiel. Leise fluchend hob er ihn auf.

»Da ist noch etwas«, fuhr er fort. »Diese Person müsste doch wissen, wo Carla ist. Warum meldet sie sich nicht?«

Nick sah zu, wie Caduff seine Runden wieder aufnahm und auf das ganze Erdgeschoss ausdehnte. Unruhig ging er von einem Raum zum anderen, nahm achtlos Gegenstände auf und legte sie ebenso achtlos wieder hin. Plötzlich blieb er abrupt stehen.

»Wir müssen uns auf die entscheidende Frage konzentrieren: Wer profitiert davon, wenn du in einem schlechten Licht dastehst?«

»Also, ich stand schon vorher schlecht da, das ist nichts Neues«, meinte Nick, »aber mein Vater hat sehr viel zu verlieren.«

»Dann hätte er uns die Fotos doch nicht gezeigt.«

»Doch, der tickt so. Er sieht etwas Unrechtes und handelt. Egal, was das für ihn für Konsequenzen hat.«

»So selbstlos kann einer gar nicht sein«, meinte Caduff.

»Ach, er ist nicht selbstlos. Er hat Prinzipien.«

»Hohe Messlatte für einen Sohn«, sagte Caduff.

»Vor allem für einen Sohn wie mich«, antwortete Nick.

»Was ist schiefgelaufen?« Diese Frage kam überraschend.

»Eine Menge, aber ich denke nicht, dass dich das was angeht.«

Caduff unterbrach sein Hin- und Hergehen und trank einen Schluck Tee. »Nein, tut es wohl nicht.«

Er stellte seine Tasse wieder hin, drehte zwei weitere Runden und als er zurückkam, hatte sich sein Gesichtsausdruck vollkommen verändert.

»Mir reicht's«, sagte er.

»Was?«

»Frag nicht. Überleg dir besser, wie du aus dieser Sache wieder rauskommst.«

Als Nick zögerte, packte ihn Caduff.

»Ich bin ein Idiot«, zischte er. »Nick, du bist verhaftet. Wir fahren jetzt zur Polizeistation und dort machst du eine Aussage. Keine Lügen mehr. Ich will die Wahrheit!«

Den ganzen Weg zum Wagen hielt er Nicks Arm fest umklammert. Heftiger als nötig stieß er ihn auf den Hintersitz und fuhr mit laut aufheulendem Motor aus der Ausfahrt.

17

Auf der Polizeistation brachte Caduff Nick in sein Büro, bat einen Kollegen, auf ihn aufzupassen, und verschwand. Es dauerte eine Ewigkeit, bis er mit hochrotem Gesicht in Begleitung eines drahtigen Mannes den Raum wieder betrat.

»Nick, das ist mein Chef, Herbert Bucher. Er wird dabei sein, wenn du deine Aussage machst.«

Zwischen den beiden Männern herrschte eine spürbare Anspannung. Caduff legte die Fotos auf den Tisch.

»Wer hat die Fotos gemacht?«

»Ich sicher nicht«, schleuderte Nick Caduff entgegen.

»Hör auf! Du weißt ganz genau, wer diese Fotos gemacht hat.«

»Nein!«

»Es ist derselbe, der sie auf den Schreibtisch deines Vaters gelegt hat.«

»Ach ja, und das soll ich gewesen sein? Das passt ja wahnsinnig gut!«, schrie Nick. »Verdammt. Was soll das?«

»Sag du es mir, Nick.«

»Nein, ich sage nichts mehr. Du glaubst mir sowieso nicht.« Bucher zuckte bei der Anrede leicht zusammen und warf Caduff einen missbilligenden Blick zu.

»Dann sage ich es dir. Du hast das alles inszeniert. Zusammen mit einem Komplizen, der die Fotos gemacht hat. Das Ganze hier ist ein kleinlicher Rachefeldzug gegen deinen Vater. Du kannst ihn nicht leiden. Irgendwie hast du mitbekommen, dass er seine Firma verkaufen will. Das war deine Chance. Du hast dir gedacht, dass negative Schlagzeilen seinen Deal platzen lassen können.«

Caduff kam um den Tisch herum auf Nick zu, trat hinter ihn und legte ihm mit hartem Griff die Hände auf die Schultern. Nick konnte fühlen, wie er sich zu ihm hinunterbeugte, spürte den Atem in seinem Nacken. Dann hörte er die raue Stimme Caduffs direkt an seinem Ohr.

»Hat es Spaß gemacht, alle an der Nase rumzuführen?«

Caduffs Griff lockerte sich, aber seine Hände lagen immer noch wie Blei auf Nicks Schultern.

»Ich wusste doch gar nicht, dass Vater seine Firma verkaufen will. Und selbst wenn ich es gewusst hätte, es wäre mir so was von egal gewesen.«

Unsanft stieß ihn Caduff gegen die Tischkante, ging zurück zu seinem Stuhl und setzte sich hin.

»Ich glaube dir kein Wort! Was wäre als Nächstes gekommen? Hast du die Fotos schon an die Presse verkauft? Damit es auch so richtig schön kracht? Dir tut das ja nicht weh. Wie hast du so treffend gesagt? Du stehst sowieso schon schlecht da.«

Caduff war zunehmend lauter geworden.

»Das ist doch alles Müll, was du da erzählst!« Wütend stieß Nick einen Papierstapel auf den Boden.

»Oh nein. Du weißt nur zu gut, wovon ich spreche. Ich spreche von dem Skandal, der deinem Vater den Verkauf der Firma unmöglich macht. Die Frage ist nur, wie du Carla dazu gebracht hast, dieses schäbige Spiel mitzuspielen.«

Caduff gelang es nicht, die Enttäuschung hinter seinem Zorn zu verbergen.

»Oder hat sie gar nicht mitgespielt? Hast du sie gezwungen? Unter Drogen gesetzt? Hält sie dein Komplize irgendwo fest?«

»Ich habe diese Fotos heute zum ersten Mal gesehen. Ich weiß nicht, wer sie gemacht hat. Ich weiß nicht, was mit Carla geschehen ist und wo sie jetzt ist!«, brüllte Nick. Dann lehnte er sich schwer atmend zurück, so weit wie möglich weg von Caduff, verschränkte die Arme vor seinem Körper und sagte kein Wort mehr. Caduffs Blick wurde für einen Moment weich; er sah Nick an, wie man jemanden ansieht, den man mag, aber dem man nicht mehr vertraut. Dann schüttelte er unmerklich den Kopf und verließ das Büro.

Nick blieb mit Bucher zurück. Caduffs Vorgesetzter nahm ihn in die Mangel, stellte die gleichen Fragen immer und immer wieder, doch Nick schwieg beharrlich. Caduff kam nicht mehr zurück.

»Ich muss pissen«, sagte Nick.
»Später.«
»Nein, ich muss jetzt.«
»Später«, wiederholte Bucher.
»Ich kann auch gleich hier, in eine Ecke.«
Nick stand auf und öffnete den Reißverschluss der

Jeans. Bucher packte ihn unsanft und stieß ihn vor sich her in den Korridor hinaus. Kaum standen sie vor der Tür, rammte ihm Nick mit aller Kraft den Ellbogen in den Magen. Bucher war auf diesen Angriff nicht vorbereitet und klappte zusammen wie ein Taschenmesser. Nick rannte los, ohne nach links und rechts zu schauen. Er hörte jemanden fluchen, stieß an Wände und Gegenstände, krachte mit voller Wucht und wild um sich schlagend in einen Polizisten, der sich ihm in den Weg stellte. Er rappelte sich auf, rannte in großen Sätzen eine Treppe hinunter, übersprang die untersten Stufen, strauchelte und fing sich im letzten Moment wieder. Die Tür ins Freie war nur noch wenige Schritte entfernt, doch jemand bekam seinen Pullover zu fassen und hielt ihn zurück. Nick streckte seine Arme aus und griff nach einem Stuhl. Er bekam ihn zu fassen, schwang ihn herum und traf den Polizisten, der ihn festhielt, mitten ins Gesicht. Gebrüll und Blut. Viel Lärm. Eine Treppe noch! Die rettende Tür zum Greifen nah. Eine Frau, die aus dem Nichts zu kommen schien. Nick raste an ihr vorbei, stürmte aus dem Gebäude, lief ohne anzuhalten weiter, immer weiter, bis er nicht mehr konnte.

18

Keuchend lehnte sich Nick gegen einen Gartenzaun, irgendwo in einer Seitenstraße eines ruhigen Wohnviertels. Sein Puls raste, seine Lungen schmerzten. Er presste die Hände gegen seine hämmernden Schläfen und wartete darauf, dass sich sein Atem beruhigte. Beim Verhör war ihm plötzlich ein Gedanke gekommen. Wie ein fehlendes Teil eines Puzzles. Darum war er abgehauen. Er musste wissen, ob er mit seiner Vermutung recht hatte.

Im Haus gegenüber bewegte sich ein Vorhang. Dahinter erkannte Nick deutlich den Umriss einer Person, die ihn beobachtete. Eine Frau mit einem hüpfenden Kind an der Hand bog in die Straße ein. Als sie ihn sah, wechselte sie schnell die Straßenseite. Das Mädchen zeigte mit dem Finger auf ihn. »Mami, was ist mit dem Mann?« Wortlos zog die Frau die Kleine weiter. Nick fragte sich, warum er so viel Aufmerksamkeit auf sich zog. Er blickte an sich hinunter. Auf dem hellen Pullover glänzten rotbraune Flecken und Spritzer. Blut. Er musste hier weg.

Caduffs Pullover hatte eine Kapuze. Nick zog sie über den Kopf und steckte die Hände in die Hosentaschen. Obwohl er am liebsten losgerannt wäre, zwang er sich, langsam zu gehen. Vorsichtig trat er aus der Seitenstraße. Kein Streifenwagen oder Polizist. Nick riskierte es. Auf Nebenstraßen und durch Seitengassen machte er sich auf den Weg zu seinem Ziel.

Aus der Schreinerei hörte er das hohe, schrille Geräusch einer Fräse. Nick öffnete die Tür. Feiner Sägestaub hing in der großen Halle und drang in seine Nase. Finn stand mit dem Rücken zu ihm an der Maschine, leicht vorgebeugt, ganz auf seine Arbeit konzentriert. Ruhig fräste er das Brett zu Ende, dann stellte er die Maschine ab und wandte sich Nick zu.

»Was willst du?«, fragte er.

Nick schaute ihn irritiert an.

»Es wird heller, wenn jemand die Tür öffnet«, erklärte Finn. »Also, was willst du?«

»Ich muss mit dir sprechen.«

»Ich rede nicht mit dir. Es sei denn, du sagst mir, wo Carla ist.«

»Das kann ich nicht.«

»Dann verzieh dich, oder ich mach dich fertig.« Finns Gesichtsausdruck ließ keinen Zweifel daran aufkommen, dass er es ernst meinte.

Nick kam direkt zur Sache. »Ich glaube, dass du etwas über Carlas Verschwinden weißt.«

Im nächsten Augenblick lag er auf dem Boden, Finn auf seinem Brustkorb, eine Faust bedrohlich nahe an seinem Gesicht.

»Was willst du damit sagen?«

»Es gibt Fotos.«

»Fotos?«

Nick schnappte nach Luft.

»Fotos von mir. Von mir und Carla«, keuchte er.

»Red weiter!«

»Kann ... kann nicht ...«

Finn nahm ein wenig Druck weg.

»Die ganze Zeit, in der ich bei euch gewohnt habe, hat jemand Fotos von mir gemacht.«

Nick sah, dass Finn keine Ahnung hatte, wovon er sprach.

»Mann, jemand hat genau gewusst, was ich tat, und hat immer dann fotografiert, wenn es schlecht für mich aussah.«

Finn schien immer noch nichts zu begreifen.

»Erinnerst du dich an den Abend, an dem ihr mich fast ersäuft habt? Oder als ich nach Chur fuhr und mir Mike über den Weg lief? Es gibt Fotos davon.«

»Und warum sollte jemand so etwas tun?«, fragte Finn.

»Ich glaube, dass da was läuft. Ich bin nicht allein in diese Sache verwickelt.«

»Komm jetzt nicht mit dem großen Unbekannten! Du bist mit Carla verschwunden und nicht irgendwer. Wo ist sie? Sag schon!«

»Ich weiß es nicht!«

»Jetzt hör mir mal zu, du Lügner. Willst du mir sagen, dass du mit ihrem Verschwinden nichts zu tun hast?«

»Nein. Ich bin ja mit ihr zusammen auf den Fotos. Ich muss etwas damit zu tun haben. Aber ich weiß nicht, was. Du musst mir helfen.«

Finn packte Nick an den Schultern und zog seinen Kopf hoch. »Ich soll dir helfen? Ausgerechnet ich?«

Nick bekam keine Luft und brachte nur ein kaum merkbares Nicken zustande.

Finn stieß seinen Kopf hart auf den Boden zurück. »Und warum sollte ich dir helfen?«

»Du willst Carla zurück. Ich auch!«

Finn dachte nach. »Du hast gesagt, es gäbe auch Fotos von dir und Carla.«

»Ja.«

»Ja? Ja? Muss ich jeden Satz aus dir rausprügeln?«

Vor diesem Moment hatte sich Nick gefürchtet.

»Sie zeigen Carla und mich zusammen in einem Park in Berlin.«

Finn drückte Nick die Faust ans Kinn. »Geht es etwas genauer?«

Nick schluckte. »Ich mache mit ihr rum.«

Die Faust traf ihn hart an der rechten Wange. Als Nick wieder klar sehen konnte, bemerkte er, dass Finn sich Tränen aus den Augen blinzelte.

»Und um mir das zu sagen, bist du gekommen, du Wichser?«

»Nein.« Nicks Wange brannte, sein Kiefer schmerzte beim Sprechen. »Kannst mir glauben, das hätte ich dir lieber nicht gesagt. Ich bin gekommen, weil ich denke, dass du weißt, wer diese Fotos gemacht hat.«

Diesmal sah Nick die Faust kommen. Er drehte den Kopf weg, und doch traf ihn Finn mit voller Wucht. Nicks Schädel dröhnte. Benommen stand Finn auf und blickte ins Leere.

»Ich kapier das alles nicht«, sagte er. »Carla ist weg. Du bist offensichtlich schuld daran. Die Polizei müsste dich schon längst verhaftet haben.«

»Hat sie. Ich bin abgehauen.«

»Du bist abgehauen? Und kommst hierher?«

Nick versuchte aufzustehen, aber seine Knie gaben nach. Er setzte sich auf den Boden. Finn fuhr mit dem Ärmel über seine Augen. Nick versuchte es noch mal.

»Hör mir zu. Es gibt diese Fotos. Ich habe sie gesehen. Wer immer sie gemacht hat, weiß gut über mich Bescheid.« Jetzt hatte Nick Finns Aufmerksamkeit.

»Worauf willst du hinaus?«

»Du hast gewusst, dass ich am Abend der Schlägerei wegging. Ist es nicht komisch, dass Thomas mit seiner Gang auftauchte? Du hast auch mitbekommen, dass ich einen Arzttermin in Chur hatte. Es gibt Fotos von mir in Chur. Du hast mit uns am Tisch gesessen, als Kristen bei uns aß und hast gehört, wie ich Susanna gesagt habe, dass ich noch einmal kurz in den Laden gehe.«

»Was willst du damit sagen? Dass ich die Fotos gemacht habe?« Finn griff nach einem Hammer auf der Werkbank, kam auf Nick zu und holte aus. Abwehrend hielt Nick die Arme über seinen Kopf.

»Mann, natürlich nicht! Aber überleg mal, wenn du nicht fotografiert hast, wer sonst? Wer?« Plötzlich schien Finn zu verstehen. Mit einem lauten Schrei schleuderte er den Hammer quer über Nick hinweg durch die Werkstatt. Dann schüttelte er den Kopf. »Nein«, sagte er, »das kann nicht sein.«

»Was kann nicht sein?«

»Thomas«, sagte Finn.

Thomas.

Natürlich. Das ergab Sinn.

Zielstrebig ging Finn auf die Tür zu. Dort blieb er stehen, drehte sich um und kam zu Nick zurück, der immer noch am Boden saß.

»Komm, wir gehen!« Finn streckte Nick die Hand hin, zog ihn hoch und zerrte ihn ungeduldig aus der Schreinerei. Vor dem Gebäude klaubte er sein Handy aus der Hosentasche und tippte eine SMS. Dann befahl er Nick, sich hinter ihm auf sein Motorrad zu setzen.

Finn fuhr ins Industrieviertel. Ohne auch nur eine Sekunde vom Gas zu gehen, raste er über stillgelegte Eisenbahnschienenstränge und Bodenunebenheiten. Vor einem heruntergekommenen Gebäude mit zerbrochenen Fensterscheiben hielt er an. Nicks Knie gaben nach, als seine Füße den Boden berührten. Er stolperte und hielt sich an Finn fest.

»Easy«, murmelte Finn. Er parkte das Motorrad und marschierte zielstrebig auf eine eiserne Tür zu. Nick konnte sich nicht vorstellen, wie Finn durch diese Tür ins Innere des Gebäudes gelangen wollte, doch als sie näher kamen, bemerkte er, dass sie nur angelehnt war. Finn öffnete sie gerade weit genug, dass sie ins Gebäude schlüpfen konnten. Er führte Nick über eine steile Treppe in einen düsteren Kellerraum, der früher als Lagerhalle für Getränke gedient haben musste.

»Pass auf!« Finn zeigte auf leere Flaschen und Scherben, die auf dem Boden verstreut herumlagen. Nick ließ sich auf eine leere Bierkiste fallen. Finn schnappte sich auch eine Kiste, zog sie heran und setzte sich.

»Du lässt mich das machen«, erklärte er. »Wenn Thomas kommt, verschwindest du hinter der Tür dort.«

Nick stellte keine Fragen. Finns grimmiger Gesichtsausdruck sprach Bände. Schweigend warteten sie auf Thomas. Als das Geräusch eines Motorrads die Stille durchbrach, sprang Finn auf.

»Versteck dich!«

Nick verzog sich in den Nebenraum und zog die rostige Tür hinter sich zu. Dunkelheit umhüllte ihn und ein starker Geruch nach abgestandener Luft und Urin stach in seine Nase. Sein Magen reagierte mit Brechreiz. Mit der einen Hand hielt sich Nick an der Wand fest, die andere presste er vor Mund und Nase.

Er hörte die Eingangstür quietschen und dann Schritte auf der Treppe.

»Warum schickst du mir eine Alarmstufe-1-Nachricht? Was ist so dringend? Und warum hier?« Thomas' Stimme klang leicht gedämpft, aber gut verständlich durch die Wand.

»Ich habe ein paar interessante Fotos gesehen.«

»Was?« Finn war es offensichtlich gelungen, Thomas zu überraschen.

»Ich sagte, ich habe ein paar interessante Fotos gesehen.«

»Shit, da muss ja wirklich was Krasses drauf sein, dass du mich deswegen hierher bestellst.« Das Erstaunen klang echt.

»Nun ja, mir ist eingefallen, dass du in letzter Zeit immer mal wieder mit deinem Handy Fotos gemacht hast.«

»Ich fotografiere Motorräder. Was soll das? Worauf willst du hinaus?«

»Motorräder?« Nick wunderte sich, wie Finn so ruhig bleiben konnte.

»Na ja, und unter uns gesagt, auch mal eine scharfe Braut.«

»So wie meine Schwester?«

»Hast du sie nicht mehr alle? Was soll das hier? Ich dachte, es wäre was Wichtiges.«

Nick hörte einen erstaunten Ausruf, dann ein Rumpeln.

»Hey!«, brüllte Thomas. »Lass mich los!«

»Erst wenn du mir sagst, was du außer Motorrädern und scharfen Bräuten sonst noch fotografierst.« Finn klang immer noch ruhig und beherrscht.

»Nichts!« Zum ersten Mal lag Unsicherheit in Thomas' Stimme.

»Verarsch mich nicht!«

Dicht neben der Stelle, an der Nick gegen die Wand lehnte, prallte auf der anderen Seite jemand heftig dagegen. »Knallst du jetzt ganz durch?«, brüllte Thomas.

Finn wurde laut. »Hör zu, wir haben keine Zeit für Spielchen. Es geht um meine Schwester.«

»Ich habe keine Ahnung, wovon du sprichst.«

Es wurde still. Irgendwo in der Dunkelheit des Raums tropfte Wasser durch eine Öffnung auf den Boden. Das einzige Geräusch. Kein Wort von Thomas. Enttäuscht lehnte Nick seinen Kopf an die Wand. Er würde nie herausfinden, was es mit diesen Fotos auf sich hatte. Nebenan schepperte eine Flasche über den Boden, Scherben klirrten, Finn fluchte und Thomas heulte gequält auf.

»Ich hab doch nur deinen bescheuerten Cousin fotografiert!«

»Du hast was?«, brüllte Finn.

»Diesen Idioten Nick fotografiert.«

»Warum?«

»Ich kann das Arschloch nicht ausstehen.«

»Und da bist du einfach mal so auf die Idee gekommen, ein paar nette Bildchen von ihm zu schießen?«

»Ja.«

»Und was hast du mit den Fotos gemacht?«

»Nichts.«

Schwere Gegenstände knallten an die Wand. Nick dachte an den Hammer, der über seinen Kopf hinweg durch die Werkstatt geflogen war, und konnte sich vorstellen, wie Thomas zumute sein musste.

»Hör auf!«

»Ich höre erst auf, wenn du mir die ganze Wahrheit gesagt hast!«

Nick hörte einen dumpfen Aufprall.

»Okay, okay, ich sag's ja schon!«, rief Thomas.

»Warte! Da ist noch jemand, der an der Wahrheit interessiert ist«, sagte Finn.

Nick riss die Tür auf. Nach der völligen Dunkelheit blendete ihn sogar das schwache Licht im Kellerraum. Er blinzelte und brauchte eine Weile, bis er Thomas sehen konnte, der zusammengesunken in einer Ecke kauerte.

»Du«, krächzte Thomas.

»Ja, ich.« Nick stellte sich neben Finn.

»Erzähl!«, befahl Finn.

Thomas starrte die beiden an. »Warum tust du dich mit dem zusammen?«, fragte er Finn.

»Erzähl!«, wiederholte Finn.

»Ein Journalist hat mich angesprochen und mir Geld

geboten, wenn ich Fotos von Nick mache. Der Typ versprach mir Geld für jedes Bild, auf dem Nick schlecht aussieht.« Thomas' Grinsen wirkte gequält. »Hey, Finn, ich hätte dich fast eingeweiht. Hörte sich nach viel Spaß an.«

»Komm zur Sache!«, sagte Finn ungeduldig.

»Das erste Foto habe ich im Durcheinander der Schlägerei geschossen, dann eins beim Brunnen. War ganz einfach. Hat mir zweihundert Mäuse gebracht. Pro Bild. Danach war es ein Kinderspiel. Du hast mir erzählt, dass Nick nach Chur fährt. Ich habe Mike angerufen und ihn gebeten, Nick abzufangen.« Er blickte verächtlich zu Nick. »Ich wusste auch, dass Nick oft im Laden von Susanna arbeitet. Also hab ich eines Abends ein bisschen an der Tür gerüttelt und als der Idiot sie öffnete, um nachzuschauen, hab ich abgedrückt. Das Foto ist ziemlich unscharf und dunkel herausgekommen, dafür sieht Nick so aus, als ob er gerade was angestellt hat.«

»Wozu wollte der Kerl die Fotos?«, fragte Finn.

»Hat er nicht gesagt. Ich vermute, dass er irgendwann eine Serie rausbringen will über diesen blöden Arsch und seine genauso blöde Familie.«

»Und wann hast du die Berlin-Dateien auf Susannas PC runtergeladen?«, wollte Nick wissen. Thomas schaute ihn überrascht an.

»Woher weißt du das?«

»Wir stellen die Fragen«, sagte Finn.

»Der Typ hat gemeint, das könne nicht schaden. Also bin ich mit dir in den Laden gegangen und als du mit deiner Mutter gesprochen hast, habe ich schnell ein paar Webseiten über Berlin unter *Favoriten* auf Susannas PC gespeichert.«

»Warum hast du dich auf so was eingelassen?«, fragte Nick.

»Weil du nervst. Ich hätte alles getan, um dir zu schaden.« Thomas' Augen leuchteten wild im Halbdunkel.

»Aber warum Carla?«, bohrte Finn nach.

»Was soll schon sein mit Carla? Es tut mir ja echt leid, dass sie weg ist, aber was habe ich damit zu tun?«

»Es gibt Fotos von Nick und Carla!« Finn ballte seine Hände zu Fäusten. »Wo und wann hast du diese Fotos gemacht?«

»Wovon zum Teufel sprichst du?«

Finn schlug ohne Vorwarnung zu.

»Ich habe keine Fotos von dem da und Carla gemacht. Echt. Ihr seid krank, ihr zwei!«, schrie Thomas.

Nick zog Finn am Arm zurück. »Ich glaube ihm.«

»Ich nicht.«

»Überleg doch. Er ist dein Kumpel. Der Schwester eines Kumpels tut man nichts. Es ging um mich. Er wollte mir eine alte Geschichte heimzahlen.«

»Ja, aber was ist mit den Fotos von dir und Carla?« Ratlos ließ Finn seine Fäuste sinken.

»Ich weiß nicht. Finn, da läuft noch was anderes.«

Nick wandte sich an Thomas. »Bist du sicher, dass der Typ ein Journalist war?«

»Er hat mir den Ausweis von seiner Zeitung gezeigt. Sah echt aus.« Thomas' blasses Gesicht hob sich deutlich vom dunklen Hintergrund ab. »Es ist ernst, nicht wahr?«, fragte er.

»Da kannst du drauf wetten.«

»Ich habe wirklich keine Fotos von dir und Carla gemacht.« Thomas spuckte Blut auf den Boden.

Finn packte ihn. »Du und ich, wir gehen jetzt zur Polizei. Ich will, dass die endlich anfangen, richtig nach Carla zu suchen.«

»Ich komme mit.« Nick folgte den beiden die Treppe hoch.

Dunkle Regenwolken hingen tief am Himmel. Der nasse Asphalt glänzte, eine düstere Stimmung lag über dem Industrieviertel. Finn, der Thomas immer noch fest im Griff hatte, wandte sich an Nick.

»Ich glaube nicht, dass das eine gute Idee ist. Du hast gesagt, du bist abgehauen. Was denkst du, was die machen, wenn du mit uns dort auftauchst? Die nehmen dich in die Mangel, bis du nicht mehr weißt, wo oben und unten ist.« Finn redete eindringlich auf Nick ein. »Sie haben die Fotos von dir und Carla. Du bist ihr Hauptverdächtiger. Wenn wir Pech haben, konzentrieren sie sich nur auf dich und nehmen die Aussage von Thomas zu wenig ernst. Dann vergeht wieder Zeit. Wertvolle Zeit, in der sie Carla suchen könnten. Wir können uns das nicht leisten.« Er drückte Nick sein Handy in die Hand. »Ich geh jetzt mit Thomas zur Polizei und melde mich, sobald ich kann.«

Finn stieß Thomas in den Rücken. »Fahr voraus!«

Thomas stieg auf seine Maschine.

»Warte!«, rief Nick. »Wie hat er ausgesehen, der Typ, für den du die Fotos gemacht hast?«

Thomas drehte sich um. »So ein hagerer Typ. Ziemlich groß. Kurze, blonde Haare.«

»Kalte, blaue Augen?«

Verblüfft schaute ihn Thomas an. »Ja.«

»Finn, sag der Polizei, dass ich diesen Mann in der Firma meines Vaters gesehen habe!«

20

Nicks Gedanken überschlugen sich. Er musste zu Kristen und mit ihr über diesen hageren Blonden sprechen. Über Thomas und die Fotos. Die Puzzleteile diesmal richtig zusammensetzen, sodass sie Sinn ergaben. Er lief los.

Nach kurzer Zeit pochte sein Kopf und seine Seiten schmerzten. Er blieb stehen und beugte sich keuchend vornüber. Aus den Augenwinkeln sah er ein Auto in die Straße einbiegen. Ein Streifenwagen!

Während Nick in seiner Stellung verharrte, suchten seine Augen nach einem Fluchtweg. Links ein leeres Baugrundstück, rechts Lagerhallen. Das Grundstück bot keinen Schutz, und um zu den Hallen zu gelangen, musste er auf die andere Straßenseite. Der Streifenwagen näherte sich im Schritttempo. Nick schätzte seine Chancen ein und riskierte es. Die Hände in den Hosentaschen vergraben und den Kopf leicht eingezogen, überquerte er die Straße äußerlich gelassen und verschwand gerade noch rechtzeitig in einem Durchgang zwischen zwei Hallen. Dort presste er sich an eine Wand und wartete angespannt darauf, dass der Wagen vorbeifuhr. Er hörte jemanden sprechen, hielt den Atem an und atmete erst wieder aus, als er eine Tür schlagen hörte und sich das Geräusch des Motors in der Ferne verlor.

Keine weiteren Risiken mehr! Er brauchte ein Versteck. Erfolglos rüttelte er an den Türen zu den Hallen. Sein Blick fiel auf eine Baubaracke auf dem Areal gegenüber. Geduckt rannte er zu ihr hinüber und zog an der baufälligen Tür, die sich mühelos öffnen ließ.

Nick trat ein und schaute sich um. Eine Pritsche im hinteren Teil, ein Tisch beim Fenster, das so schmutzig war, dass man nicht nach draußen blicken konnte. Unter dem Fenster eine Holzbank, zwei alte Stühle, Regale mit bunt zusammengewürfeltem Geschirr, Bierkisten in einer Ecke, alles mit einer Staubschicht bedeckt. Hier war schon lange niemand mehr gewesen.

Er legte Finns Handy auf den Tisch und setzte sich auf die Pritsche. Sobald die Dämmerung hereinbrechen würde, konnte er sich im Schutz der Dunkelheit auf den Weg zu Kristen machen. Erste Regentropfen fielen auf das Wellblechdach. Erschöpft lehnte sich Nick an die Bretterwand. Er wollte ausruhen, nur einen kurzen Moment, aber eine Flut von Bildern und Gedankenfetzen wirbelte durch seinen Kopf. Jetzt, wo er allein war, hatte ihn die Angst voll im Griff. Kalter Schweiß brach ihm aus allen Poren. Er fühlte, wie er die Kontrolle verlor. Gleich würde er ausflippen. Wie damals.

Ein Unfall im Suff. So hatte es ausgesehen. Er hatte die Wahrheit für sich behalten, weil er nicht noch einmal zu diesem Seelenklempner wollte, zu dem ihn seine Eltern geschickt hatten, nachdem sich sein bester Freund an einen Balken gehängt und ihn allein in seinem beschissenen Leben zurückgelassen hatte. Nein, nicht daran denken. Nicht an damals und nicht an Carla. Nicht, solange er alleine war. Nick riss die Tür auf, sog die kalte Luft ein und zählte seine Atemzüge. Nichts denken, nur ein- und ausatmen.

Langsam ließ der Druck auf seiner Brust nach. Er zog sich in die Baracke zurück und zählte die Tassen auf dem Gestell, die leeren Bierflaschen in den Kisten und die Bretter an den Wänden, während er auf das erlösende Klingeln von Finns Handy wartete. Und dann landeten seine Gedanken doch bei Carla.

Er sah sie vor sich, wie sie in sein Zimmer stürmte, mit den Händen gestikulierte, sich ihre widerspenstigen Haarsträhnen aus dem Gesicht strich und ein Gespräch begann. Sie konnte über die Bedeutung und Auswirkung der sozialen Marktwirtschaft referieren und im gleichen Atemzug fragen: »Warum lässt du deine Haare so ins Gesicht hängen?« Nick war sich sicher, dass sie persönliche Fragen absichtlich so stellte. So dazwischengeworfen. Das Ganze entwickelte sich zu einem Spiel. Sie redete über die politische Situation in Südamerika und fragte im nächsten Moment: »Macht dir Sex Spaß?«, und er antwortete: »Ja, aber nicht mit dem Staatspräsidenten von Kolumbien.«

»Ein Punkt für dich!«, rief sie bei Antworten, die sie zum Lachen brachten. Trotzdem oder vielleicht gerade deswegen mündeten ihre kleinen Scharmützel immer öfter in ernsthaften Diskussionen. Er vertraute ihr und erzählte ihr Dinge, die er noch nie jemandem erzählt hatte.

»Du magst Finn nicht«, sagte sie eines Abends. Sie saß

auf dem Schreibtisch und spielte mit seinem iPod. Er fühlte sich ertappt.

»Ich werde nicht schlau aus ihm«, antwortete er nach einigem Zögern.

»Hm, das sieht man, du gehst ihm aus dem Weg.«

»Er mir auch«, erwiderte Nick.

Carla legte den iPod aus den Händen, beugte sich vor und fragte: »Was stört dich denn an ihm?«

»Er ...« Nick lag auf seinem Bett und suchte nach Worten. »Er kommt nach Hause, isst, haut sich aufs Sofa und schaut sich irgendeinen Schrott im Fernsehen an. Oder er geht aus und knallt sich mit Bier die Birne zu.«

»Das hast du ja nie gemacht«, zog sie ihn auf.

»Hey! Wir müssen nicht darüber reden!«

»Doch«, sagte sie, »aber wirf ihm nicht Dinge vor, die du selber auch gemacht hast. Das ist nicht fair. Fehlt nur noch, dass du sagst, er hängt mit den falschen Leuten rum.«

Volltreffer! Er schwieg.

»Wir können leicht reden«, meinte sie. »Wir sind immer nur zur Schule gegangen. Finn führt ein ganz anderes Leben als du und ich. Er macht eine Lehre. Weißt du, manchmal denke ich, dass das ziemlich anstrengend ist. Den ganzen Tag in der Schreinerei ackern und dann noch die Hausaufgaben für die Berufsschule machen.«

Nick starrte an die Zimmerdecke.

»Wir wissen ja gar nicht, was es bedeutet, jeden Tag körperlich zu arbeiten, einen Job zu erledigen, Verantwortung zu tragen. Da bist du am Abend müde. Was ist denn schon dabei, sich vor den Fernseher zu knallen?«

Sie hatte ja recht. Finn nahm seine Lehre ernst. Vielleicht verachtete er Nick deshalb dafür, dass er nichts aus seinem Leben gemacht hatte. Bei all den Chancen.

»Er mag mich auch nicht«, sagte Nick.

Sie setzte die Kopfhörer seines iPods auf und drückte auf Play.

»Du hörst *Züri West?* Hätte ich nicht gedacht. Gute Band.«

Sie nahm die Kopfhörer wieder ab.

»Wird schon werden«, meinte sie.

Wird schon werden. Wenn jemand Finn kannte, dann Carla. Hoffentlich hatte sie recht gehabt. Finn musste ihn ja nicht mögen; es reichte, wenn er ihn nicht der Polizei verriet.

Obwohl Nick den Moment herbeigesehnt hatte, zuckte er zusammen, als plötzlich das Riff von *Smoke on the Water* durch die Baracke dröhnte. Er nahm das Handy vom Tisch und drückte die Antworttaste.

»Nick?«

»Ja.«

»Bist du okay?«

»Ja«, log Nick.

»Wo bist du?«

Nick zögerte einen Moment. Er wusste nicht, was auf der Polizeistation geschehen war, aber er musste Finn vertrauen und es darauf ankommen lassen. Schon, um endlich nicht mehr allein zu sein mit seinen Dämonen.

»In der Nähe der alten Lagerhallen.«

»Okay, ich weiß, wo das ist. Ich treffe dich vor dem Bowling-Center an der Straße. In fünf Minuten.«

Finn hatte aufgelegt. Nick öffnete die Tür und ging

durch den strömenden Regen zum vereinbarten Treffpunkt. Er brauchte nicht lange zu warten. Der Motor von Finns Maschine war von Weitem zu hören, wenig später durchbrach ein Lichtkegel den Regenschleier.

»Oh Mann, was für ein Scheißwetter«, begrüßte ihn Finn.

»Wie ist es gelaufen?«, fragte Nick.

»Das erzähl ich dir, wenn wir im Trockenen sind. Steig auf und halt dich fest.«

21

Zu dritt saßen sie um den kleinen Tisch in Kristens Wohnzimmer. Finn und Nick erzählten ihr von der Begegnung mit Thomas. Sie schüttelte den Kopf. »Ich kann einfach nicht glauben, dass er so etwas getan hat.«

»Er war sauer auf mich und wollte mir die Geschichte mit seinem Motorrad heimzahlen.« Nick griff nach einer der Tassen mit heißer Schokolade, die Kristen auf den Tisch gestellt hatte, und trank einen Schluck.

»Nimm ihn bloß nicht in Schutz, diesen Scheißkerl!«, murrte Finn.

»Tu ich ja gar nicht. Aber was hat er denn schon getan? Ein paar Fotos geschossen. Mehr nicht.« Nick war sich sicher, dass auch Thomas nur eine Marionette in einem undurchsichtigen Spiel war. »Er wurde benutzt. Von irgendwem. Für was auch immer. Genau wie Carla und ich. Darum geht es, darüber müssen wir nachdenken.« Er wandte sich an Finn. »Was hat er der Polizei gesagt?«

»Ich weiß nicht«, sagte Finn. »Sie haben uns getrennt verhört. Ich habe der Polizei gesagt, was passiert ist. Ich hoffe, Thomas hat denen dasselbe erzählt wie uns.«

»Hast du ihnen gesagt, dass ich diesen Typen schon mal gesehen habe?«, fragte Nick.

Kristen sprang auf. »Wo?«

»In der Firma meines Vaters.«

»Bist du dir sicher?«, fragte sie.

»Ziemlich.«

Finn schaute die beiden an. »Der Typ bei der Polizei war wesentlich weniger beeindruckt als du, Kris. Er hat sich eine Notiz gemacht, mehr nicht. Ich habe ihm klarmachen wollen, dass das wichtig ist, aber er sagte, Nick könnte das auch einfach erfunden haben, um von sich abzulenken.«

»Aber das ist doch verrückt!«, rief Kristen. »Endlich gibt es Hinweise und die klammern sich an Nick, als ob er der einzige Verdächtige wäre.«

Nick stand auf. »Ich geh jetzt da hin und stelle mich.«

»Einen Scheiß wirst du«, sagte Finn. »Die buchten dich doch geradewegs ein.«

»Na und? Dann kann ich ihnen von meiner Begegnung mit dem Typen erzählen. Die müssen mir einfach glauben. Ich kann ihn beschreiben. Dann werden sie merken, dass Thomas und ich denselben Mann gesehen haben. Das muss ihnen doch zu denken geben!«

Kristen packte ihn bei den Schultern. »Du kannst der Polizei erzählen, was du willst, die glauben dir nicht. Kapier das endlich! Ich sag dir, wie die Polizei das sieht. Du und Thomas, ihr steckt unter einer Decke und habt eine schmutzige kleine Erpressergeschichte gegen deinen Vater laufen. Die Polizei glaubt doch, ihr habt diesen Typen nur erfunden! Und du hast nichts, aber auch gar nichts in der Hand, um das Gegenteil zu beweisen.«

»Sie hat recht!« Finn stieß seinen Stuhl zurück. »Wir kommen keinen Schritt weiter, wenn du dich stellst! Im Gegenteil. Wenn sie dich haben, hören sie auf nach Carla zu suchen und warten, bis du ihnen sagst, wo sie ist.«

Das Telefon klingelte.

»Hess«, meldete sich Kristen. »Nein, Herr Caduff, Nick ist nicht hier.« Sie schaute Nick an und legte den Zeigefinger an die Lippen. »Es tut mir leid, ich habe keine Ahnung, wo er ist.«

Reglos standen Finn und Nick im Raum und sahen ihr beim Telefonieren zu.

»Ja, ich sage es ihm, falls er hier auftauchen sollte.« Das Telefon immer noch in der Hand, ging sie im Zimmer auf und ab. »Nein, er ist ganz sicher nicht hier. Bestimmt nicht. Auf Wiedersehen, Herr Caduff.« Sie unterbrach die Verbindung.

»Was sollst du mir sagen?«, fragte Nick.

»So einen Typen, wie ihn Thomas beschrieben hat, gibt es bei der Zeitung nicht.«

Finn fing sich als Erster wieder. »Hat er sonst noch was gesagt?«

Sie zögerte.

»Komm schon«, sagte Nick.

»Er will, dass du dich stellst. Das soll ich dir ausrichten, wenn du bei mir auftauchst.«

»Na, zum Glück bist du nicht da.« Finn grinste und zwinkerte Nick zu. »Hast du was zu essen, Kris?«

»Finn, wie kannst du jetzt ans Essen denken?«

»Ich habe all das Gerede satt. Wir machen jetzt Nägel mit Köpfen. Und das geht einfacher, wenn man keinen

Hunger hat. Ich habe seit heute Mittag nichts mehr gegessen und bei Nick ist es bestimmt noch länger her.«

»Ich habe keinen Hunger.«

»Erzähl mir keinen Mist. Du siehst aus, als würdest du jeden Moment aus den Schuhen kippen. Und selbst wenn du nichts essen willst, ich will.« Finn stand auf und ging in die Küche. Kristen folgte ihm.

Nick blieb allein im Wohnzimmer zurück. Er fror trotz der Wärme. Wie konnte Caduff sagen, dass es den Typen nicht gab? Er hatte ihn doch gesehen, auf der Treppe bei *b&fTech!*

»Nick?«

Er fuhr herum. Finn stand neben ihm. »Komm, wir essen was.«

Während Finn sich über eine Schale Cornflakes hermachte, strich Kristen ein Brot. Sie hielt es Nick hin, aber er schüttelte den Kopf.

»Also, Finn. Wie stellst du dir das vor mit den Nägeln und den Köpfen?«, fragte sie.

»Wir schauen uns an, was wir haben, und sehen, was wir damit machen können.«

Kristen verschwand in ihrem Schlafzimmer und kam mit einem großen Blatt Papier zurück, das sie an die Wand klebte.

»Okay«, antwortete sie, »fangen wir an. Wir schreiben alles auf, was wir wissen, und dann suchen wir die Zusammenhänge!«

In kurzer Zeit hatten sie eine Anzahl Fakten gesammelt.

»Hmmm«, murmelte Finn. »Die Firma *b&fTech* kommt

auf diesem Papier zu oft vor, um ignoriert zu werden. Carlas Verdacht. Der Hagere, den es nicht geben soll. Fotos auf dem Tisch von Nicks Vater.«

Kristen nickte. »In diese Richtung haben Nick und ich auch gesucht. Wir dachten uns, dass Carla mit ihrem Verdacht richtiglag und Nicks Vater sie verschwinden ließ, weil sie etwas wusste, das nicht herauskommen sollte.«

»Abenteuerliche Theorie«, sagte Finn.

»Sehr abenteuerlich. Ging auch nicht auf.« Kristen klopfte mit dem Stift auf eine dicht beschriebene Stelle auf dem Blatt. »Hier klemmt's«, sagte sie. »Wieso lag Nick allein am Bahnhof?«

»Das kann ich dir sagen.« Nick nahm ihr den Filzstift aus der Hand und fügte ein *Nick war's* hinzu. »Die Polizei ist sich sicher, dass ich das alles inszeniert habe, um meinem Vater zu schaden. Dafür sprechen die Fotos auf Vaters Tisch.«

Finn tauchte seinen Löffel in die Cornflakes. »Tja, dein Opferwille in Ehren, aber diese Theorie geht auch nicht auf. Thomas hat die Fotos gemacht. Auf Bestellung eines Journalisten, der keiner ist.« Er schob den Löffel in den Mund. »Wenn es bei der Zeitung keinen solchen Typen gibt, stellt sich die Frage nach seiner Rolle in diesem Spiel.«

Kristen setzte sich an den Tisch und biss in das Brot, das sie für Nick gestrichen hatte.

Nick knallte den Stift auf den Tisch. »Wie könnt ihr hier sitzen und essen?«

»Mann, sei still und iss endlich selber was!«, fauchte Finn. »Das hilft beim Denken. So, wie du drauf bist, nützt du absolut nichts.«

»Es reicht doch, wenn du frisst wie ein Schwein, während deine Schwester verschwunden ist!«

Die beiden starrten sich feindselig an.

»Stopp!«, rief Kristen, aber Nicks aufgestaute Wut auf Finn explodierte.

»Soll ich dir einen Hammer holen, den du nach mir werfen kannst? Ist ja auch einfacher, als ernsthaft nach Carla zu suchen!«

»Krieg dich ein. Hast du bis jetzt eine vernünftige Idee gehabt?«, fragte Finn. »Nein. Also!«

»Könnten wir uns jetzt wieder auf das Problem konzentrieren?«, fuhr Kristen die zwei Streithähne an.

»Mach ich ja«, sagte Finn. Er füllte seinen Teller noch mal mit Cornflakes und griff nach der Milch. Mitten in der Bewegung stoppte er.

»Ich hab's!«, rief er, packte den Stift und stellte sich vor das Plakat an der Wand.

»Hier«, begann er und unterstrich *Carlas Verdacht*. »Carla ruft Albert Bergamin an und spricht ihn direkt auf ihren Verdacht an. Er streitet natürlich alles ab, aber er weiß nun, dass sie ihm gefährlich werden kann, weil er nämlich seine Firma verkaufen will und ein Skandal diesen Verkauf vermasseln könnte.« Finn kreiste *Firmenverkauf* ein und verband das Wort mit *Carlas Verdacht*. »Carla muss weg, und weil sie nie im Leben alleine abhauen würde, braucht Albert Bergamin den idealen Schuldigen, einen, dem man nichts glauben wird. Nick.« Mit einer heftigen Bewegung umrundete Finn *Nick war's*. »Das könnte erklären, warum Nick allein und zugedröhnt gefunden wird. So weit alles klar?« Triumphierend blickte Finn in die kleine Runde.

»Nein«, sagte Nick. »Du gehst davon aus, dass mein Vater wirklich in irgendwelche krummen Geschäfte verwickelt ist. Niemand, den ich kenne, traut ihm das zu.«

»Ganz schön naiv, findest du nicht auch? Bloß weil ihr euch das nicht vorstellen könnt, kann es auch nicht sein? Es sind schon ganz andere Kaliber gestrauchelt als dein Vater. Vielleicht wollte er um jeden Preis verkaufen und hat die Bilanzen geschönt. Ein bisschen Kosmetik für einen guten Deal. Hey, das gehört heute schon fast dazu. Macht doch jeder!«

Nick musste das erst einmal verdauen. Ganz so unrecht hatte Finn nicht.

»Und wie passen die Fotos da hinein?«, wollte er wissen.

Finn war nicht zu bremsen. »Genial passen die da hinein. Seht ihr das nicht?« Er schaute von Kristen zu Nick. »Es fängt ganz harmlos an. Dein Vater traut dir nicht, als du zu uns ziehst. Also beauftragt er jemanden, dich zu beobachten und ihm Bescheid zu geben, sobald du Scheiße baust.« Finn unterstrich *Der Hagere* gleich dreifach. »Der Hagere delegiert die Sache an jemanden aus deinem Umfeld. Thomas.« Wieder flog der Stift über das Papier. »Aber Nick baut keine Scheiße. Er schlägt sich zwar und trifft sich mit einem Drogendealer, aber er hat die Schlägerei nicht angefangen und Drogen hat er auch keine gekauft. Albert Bergamin sitzt auf ein paar absolut harmlosen Bildchen und hätte mit seinem Sohn zufrieden sein können, aber dann konfrontiert ihn Carla mit ihren Fragen. Er muss handeln und lässt sie verschwinden und mit ihr zusammen gleich auch den späteren Sündenbock. Die Fotos erweisen sich als Glücksfall. Fehlen nur noch ein paar zusätzliche Aufnahmen. Solche, die Carla und Nick gemeinsam zeigen. Und schon ist er gebastelt, der ideale Beweis für Nicks Schuld.« Finn zog eine Grimasse. »Ist echt ein cleverer Kerl, dein Vater. Legt die ganze Fotoserie völlig entrüstet der Polizei hin. Spricht selbstverständlich keinen Verdacht aus, aber es ist völlig klar, dass er damit zu verstehen geben will, dass sein Sohn die ganze Sache eingefädelt hat und ihn nun erpresst. Das lenkt wunderbar von seinen eigenen Mauscheleien ab! Die Gefahr, dass die Geschichte an die große Glocke gehängt wird, ist verschwindend gering. Die Polizei wird die Angelegenheit mit äußerster Diskretion behandeln.«

»Und Carla?«, fragte Nick.

»Die hält er irgendwo fest. Bis der Verkauf über die Bühne ist. Ihr wird es gehen wie dir. Sie wird irgendwo aufgelesen, wenn wir Glück haben, nur verwirrt, wenn wir Pech haben, völlig zugedröhnt und ohne Erinnerung. Wie auch immer: Kein Mensch wird ihr glauben.«

Finn kritzelte die letzten paar Verbindungslinien aufs Blatt. »Passt doch alles zusammen, oder nicht? Und da sag noch einer, dass essen nicht hilft!«

Nick brachte keinen Ton heraus. Finn hatte das Puzzle zusammengesetzt. Alles passte. Und wenn er Recht hatte, dann lebte Carla noch!

Finn stand auf. »Das war der einfache Teil. Jetzt kommt die Arbeit. Wir müssen unsere wunderbare Theorie beweisen!«

22

»Bist du sicher, dass du das tun willst?«, fragte Kristen.
»Ja.« Nick zog ihre Lederjacke an. »Finn hat recht. Wir brauchen Beweise. Vielleicht hat Simon in der Zwischenzeit etwas über den Typen herausgefunden, den ich bei *b&fTech* gesehen habe.«

Finn drückte sich an ihnen vorbei. »Ich warte unten auf dich.« Er verschwand im Treppenhaus.

»Passt auf euch auf«, sagte Kristen. Sie reichte ihm ihren Helm.

»Ich geh dann mal.« Er blieb stehen. »Ich bring dir die Jacke und den Helm zurück.«

»Das will ich hoffen.«

»Und ...« Nein, er konnte ihr das nicht sagen.

»Und du magst mich.« Sie sagte das einfach so. Als ob das völlig okay wäre. Dann verschwand sie in der Küche und kam mit einem Schlüssel zurück. »Der hier ist für die Wohnung«, erklärte sie. »Wenn du zurückkommst.«

Sie war so nah. Er hätte sie gerne berührt, ihr übers Haar gestrichen oder sie an sich gezogen. Aber er traute sich nicht.

»Nick?« Sie hob den Arm und legte ihre Hand auf seine Wange. Er schloss die Augen. Vorsichtig legte er seine Hand auf ihre, hielt sie fest und verlängerte so diesen einzig guten Moment seit Langem.

Es hatte aufgehört zu regnen, aber es war unangenehm kalt. Finn wartete vor dem Haus. Nick schwang sich hinter ihm auf das Motorrad, Finn startete und gab Gas.

Das Haus von Simon Forster war genau wie sein Besitzer: farblos, unscheinbar und unauffällig.

Nick klingelte und drehte sich nochmals kurz um. Finn stand gut verborgen hinter der Hecke, die Forsters Haus umgab wie ein Palisadenzaun. Hinter der Tür waren schlurfende Schritte zu hören, ein Schlüssel wurde gedreht, die Tür ging einen Spalt breit auf, gerade weit genug, um zu schauen, wer so spät noch zu ihm wollte.

»Nick?« Verblüfft sah ihn Forster an. »Was tust du denn hier?«

»Ich weiß, es ist spät, aber kann ich mit dir sprechen?«, fragte Nick.

»Ich dachte...« Was immer sich Forster gedacht hatte, er behielt es für sich. »Komm rein«, sagte er stattdessen und führte Nick in sein Wohnzimmer.

»Setz dich.« Forster deutete auf die braune Ledergarnitur. »Willst du etwas trinken?«

»Ein Glas Wasser.« Im Gegensatz zu Nicks Handflächen war sein Mund so trocken, dass er kaum reden konnte.

Forster verschwand und kam kurz darauf mit zwei Gläsern und einem gefüllten Krug zurück. Er goss in beide Gläser genau gleich viel Wasser und setzte sich dann Nick gegenüber auf das Sofa.

»Du willst mit mir sprechen? Worüber?« Seine Augen flackerten kaum wahrnehmbar.

Nick öffnete langsam den Reißverschluss von Kristens Jacke und überlegte sich, wie er das Gespräch beginnen sollte. Nur das Ticken der altmodischen Uhr an der Wand durchbrach die Stille. Nick hatte sich das einfacher vorgestellt.

»Das ist ein bisschen schwierig«, begann er, »ich möchte dich etwas fragen.«

Forster sah ihn an und wartete.

»Hast du mitbekommen, was die letzten Tage passiert ist?«

»Das konnte man ja schlecht nicht mitbekommen.« Forsters Stimme hatte einen nervösen Unterton. Er fühlte sich sichtlich unwohl. Verlegen sah Nick zur Uhr hoch. So ein Ding, wie es seine Großmutter in ihrem Wohnzimmer hängen hatte.

»Wie viel weiß man in der Firma?«, fragte Nick.

»Meinst du damit, wie viel man in der Firma allgemein weiß? Oder wie viel dein Vater weiß?«

»Ist das nicht dasselbe?« Natürlich war es nicht dasselbe. Sein Vater war ein echter Künstler in Sachen Kommunikation. Er hatte die Angelegenheit bestimmt so zurechtgebogen, dass sie plausibel klang. Alles unter Kontrolle. Wie immer.

Forster fixierte einen Punkt an der gegenüberliegenden Wand. Es dauerte etwas, bis er sprach. »Offiziell wissen wir, dass du seit einer Weile bei der Familie Egger wohnst, weil du dich beruflich neu orientieren willst.«

Eine echt gelungene Erklärung, fand Nick.

»Wir wissen natürlich auch, dass deine Cousine verschwunden ist. Tragische Geschichte.« Er seufzte. »Inoffiziell munkelt man von Drogen und dass das alles mit dir zu tun hat.« Forster sah Nick vorwurfsvoll an. »Es hat natürlich nicht geholfen, dass du heute Morgen zweimal in der Firma aufgetaucht bist. Beim zweiten Mal auch noch in Polizeibegleitung. Es wurde nachher ziemlich viel geredet.«

Nick wich Forsters Blick aus.

»Selbstverständlich habe ich Albert darauf angesprochen«, fuhr Forster fort, »aber er hat mir erklärt, dass dies eine Privatangelegenheit sei, die er so schnell wie möglich regeln würde.«

Nick erinnerte sich, wie sein Vater ihm einmal gesagt hatte, dass es nichts gab, das sich nicht regeln ließ. Zweifellos würde er auch diese kleine *Privatangelegenheit* in den Griff bekommen.

»Nick«, sagte Forster, »warum bist du hier? Kann ich dir irgendwie helfen?«

»Vielleicht. Sag mal, ich habe doch heute Morgen in eurer Firma so einen komischen Typen gesehen und dich auf ihn angesprochen.«

Forster nickte gedankenverloren.

»Du hast gesagt, du gehst der Sache nach. Hast du was herausgefunden?«

Forster legte seine Fingerspitzen aufeinander und betrachtete sie eingehend, während er sich mit der Antwort Zeit ließ.

»Ich habe nachgefragt, aber niemand konnte sich erinnern, einen Mann gesehen zu haben, der auf diese Beschreibung passt.«

»Bist du ganz sicher?«

»Ja«, antwortete Forster erstaunt. »Ist das so wichtig?« Nicks Hoffnung sank auf den Nullpunkt. Aber so schnell wollte er nicht aufgeben. Er musste es von einer anderen Seite her angehen.

»Nein, ich habe mich nur gewundert.«

»Du bist doch nicht etwa deswegen gekommen?«, fragte Forster.

»Nein, nein.« Nick versuchte ein überzeugendes Lächeln. Es misslang. Forster nippte an seinem Glas. Nick entschied sich für den Frontalangriff.

»Sag mal, wollt ihr die Firma verkaufen?«

Forster verschluckte sich. Sein Gesicht nahm eine ungesunde Farbe an. Er räusperte sich. »Nein, wieso?«

Nick versuchte, Forsters Reaktion einzuordnen. War er so erschrocken, weil ihn Bergamin nicht in die Verkaufspläne eingeweiht hatte oder weil sie nicht bekannt werden durften?

»Nun ... war nur so ein Gedanke.«

»Nein, wir verkaufen nicht. Warum sollten wir? Der Firma geht es gut. Wir sind gerade dabei, ein neues Produkt zu entwickeln, das den Markt aufrütteln könnte. Wie kommst du bloß auf solche Gedanken?« Merklich erschüttert trank Forster sein Glas leer und stellte es mit zitternden Händen auf das blank polierte Glastischchen.

»Ich dachte, ich hätte so was gehört, aber ich muss mich geirrt haben.«

»Ganz bestimmt, Nick. Ganz bestimmt.«

»Da ist noch etwas, Simon.« Nick strich sich die Haare aus dem Gesicht. Egal, wie er seine Frage formulierte, sie würde auf Forster wie ein persönlicher Vorwurf wirken, denn er war es, der für Buchführung und Bilanzen bei *b&fTech* verantwortlich war. »Kann es sein, dass in der Firma nicht alles mit rechten Dingen zugeht?«

»Wie bitte?«, stammelte Forster. Er richtete sich kerzengerade auf, sein Gesicht beinahe so weiß wie die Wand hinter ihm. »Wie kommst du dazu, mich so etwas zu fragen? Was fällt dir ein?« Er rang um Fassung. »Raus«, flüsterte er heiser. »Raus hier. Das muss ich mir nicht gefallen lassen.«

Jetzt, wo er es sowieso vergeigt hatte, konnte Nick die nächste Frage direkt stellen.

»Gehört dir überhaupt noch ein Teil der Firma oder hast du alles verspielt?«

Nick glaubte zu sehen, wie Forster kurz wankte.

»Du findest den Weg hinaus bestimmt allein.«

Nick stand auf, zog den Reißverschluss der Jacke hoch und wollte den Raum verlassen, als ihm eine letzte Frage durch den Kopf schoss.

»Simon«, fragte er, »weißt du von den Fotos?«

Forster sah aus, als hätte er einen Geist gesehen.

»Fotos? Was für Fotos?«

»Ach, nichts«, sagte Nick.

Finn wartete in einer Seitengasse auf ihn.

»Und?«, fragte er gespannt.

»Nichts«, sagte Nick. »Gar nichts. Forster war geschockt von der Vorstellung, dass die Firma verkauft wird, und meine Frage, ob irgendwas bei *b&fTech* nicht stimmt, hat ihn an den Rand eines Herzinfarkts getrieben.« Das mit dem Spielen erwähnte Nick nicht. Er schämte sich dafür, Forster überhaupt darauf angesprochen zu haben. Das Entsetzen über den Verkauf war so echt gewesen, dass es völlig unnötig gewesen war, dem angeschlagenen Mann auch das noch vorzuwerfen.

»Und der Hagere?«

»Fehlanzeige. Niemand scheint diesen Typen gesehen zu haben.«

»Scheiße! Weißt du, was das bedeutet?«, fragte Finn.

»Ja«, antwortete Nick. »Keine Beweise für unsere Theorie.«

»Sieht so aus.« Finn stülpte sich den Helm über. »Wir haben zwei Möglichkeiten. Entweder wir konfrontieren deinen Vater mit unserer Theorie oder wir gehen zur Polizei.«

Nick brauchte nicht zu überlegen. »Polizei«, sagte er. »Meinen Vater damit zu konfrontieren könnte für Carla lebensgefährlich werden.«

Finn fuhr an der Autobahneinfahrt vorbei und schlug den Weg durch die Dörfer ein, als ob er die Begegnung mit der Polizei hinauszögern wollte. Nicks Gedanken kreisten um Carla. Plötzlich gab Finn Gas. Während sie mit weit überhöhter Geschwindigkeit über die nasse Straße rasten, flogen die Pappeln am Straßenrand gefährlich schnell an ihnen vorbei. Nick fragte sich, was los war. Bei der Einfahrt ins nächste Dorf bemerkte er, dass Finn den Rückspiegel neu einstellte und immer wieder nach hinten schaute.

»Festhalten!«, schrie Finn und bog in eine kleine Nebenstraße ein.

»Was soll das?«, fragte Nick.

»Ich glaube, jemand ist uns gefolgt.«

Nick schaute sich um. Nichts. Keine Lichter, kein Auto.

»Ich sehe niemanden.«

»Ich kann mich geirrt haben.« Finn blickte unruhig um sich. »Der Wagen fuhr hinter uns her. Als ich beschleunigte, beschleunigte er auch. Erst am Ortseingang fiel er zurück.«

»Warum sollte uns jemand verfolgen?«, fragte Nick.

»Weil wir in etwas herumstochern, von dem wir besser unsere Finger lassen sollten.«

»Wenn du recht hast, warten wir besser eine Weile«, meinte Nick. »Vielleicht sind sie vorbeigefahren und kommen zurück, wenn sie uns nicht mehr vor sich sehen.«

Sie stiegen vom Motorrad und Finn schob die Maschine in eine Hofeinfahrt, sodass sie von der Straße aus unmöglich gesehen werden konnten. Sie nahmen die Helme ab.

»Du magst Carla wirklich, nicht wahr?«, fragte Finn.

»Ja. Ich habe noch nie jemanden wie sie gekannt.«

»Ich habe Angst«, sagte Finn.

»Ich auch.« Nick wagte es nicht, Finn anzusehen.

»Sag mal ...« Finn stockte. »Ich habe dich im Auge behalten, seit du zu uns gekommen bist. Du scheinst wirklich keine Drogen mehr zu nehmen.«

»Nein.«

»Aber du hast mal ziemlich viele genommen.«

»Ja.«

»Welche?«

Nick kämpfte gegen Bilder an, die hochkamen. Bilder, die er verdrängt hatte, weil er sie für immer vergessen wollte. »Verschiedene. Hab früh angefangen mit dem Saufen, dann Kiffen, Ecstasy und irgendwann Kokain. Zum Glück war ich nicht so blöd, auch noch mit Heroin anzufangen.«

»Und? Hat es was gebracht?« Finn sah ihn neugierig an. »Ich meine, hast du dich besser gefühlt?«

»Sag bloß, du hast es noch nie versucht.«

»Hab Pot geraucht und Kopfschmerzen davon bekommen. Ich brauche das Zeugs nicht.« Finn grinste. »Ab und zu trinke ich zu viel.«

»Ich habe mich besser gefühlt auf Drogen. Birne zu und abtauchen. Die Kämpfe mit dem Alten vergessen. Die neue Schule ertragen. Gut drauf sein. Anders sein als diese Spießer. Aber es hält nie an, verstehst du? Du landest immer wieder am selben Ort. In deinem jämmerlichen Leben.«

Finn nickte, als ob er das verstehen könne. »Und darum hast du aufgehört?«

»Nein.« Nick kehrte Finn den Rücken zu.

»Hey, alles okay?«

»Ja. Lass uns weiterfahren.«

23

Ruhig glitt die Maschine durch die Nacht. Sie waren allein. Keine Lichter hinter ihnen, keine, die ihnen entgegenkamen. Als ob alle Einwohner des Rheintals beschlossen hätten, sich bei diesem schlechten Wetter in ihren Häusern einzuigeln. Nick bereitete sich auf die Begegnung mit Caduff vor. Auch Finn musste in Gedanken anderswo gewesen sein, denn keiner von ihnen hatte die Lichter kommen sehen.

Sie waren plötzlich da, ganz dicht hinter ihnen. In helles Scheinwerferlicht getaucht, boten Finn und Nick ein unübersehbares Ziel.

»Gib Gas!«, schrie Nick.

Finn beschleunigte, doch der Wagen hielt mühelos mit. Nick sah das Schild mit der Warnung vor der nächsten Kurve. Finn konnte nicht so weiterrasen! Er musste vom Gas! Doch Finn wollte dem Wagen hinter ihnen entkommen und bremste erst kurz vor der Kurve ab. Zu spät und zu heftig. Das Motorrad legte sich gefährlich quer. Nick spürte, wie Finn die Kontrolle verlor. Eine endlose Sekunde lang kämpften sie gegen das Fallen, doch die Maschine schlitterte in die Wiese neben der Straße. Nick fühlte einen stechenden Schmerz im Rücken, der Aufprall presste ihm die Luft aus den Lungen. Er rutschte über Gras, suchte Halt und fand keinen. Unten und oben waren nicht mehr zu unterscheiden. Irgendwo hörte er Finn schreien. Er schützte seinen Kopf so gut es ging mit seinen Armen und überließ sich den nachlassenden Fliehkräften.

Benommen lag er im nassen Gras. Da war Schmerz, aber Nick hätte nicht sagen können, was ihm wehtat. Alles. Einfach alles. Er bewegte einen Körperteil nach dem anderen. Gebrochen schien nichts zu sein. Wenigstens das. Er konnte Finn in der Dunkelheit nicht sehen und rief nach ihm. Es blieb gespenstisch still.

»Finn!«, schrie er noch mal und versuchte dann, sich aufzurichten, doch seine Beine trugen ihn nicht. Er riss sich den Helm vom Kopf, damit er besser sehen konnte.

»Finn! Verdammt. Wo bist du?«

»Hier.« Finns Stimme klang schwach. Nick kroch in die Richtung, aus der sie gekommen war.

»Finn? Ich seh dich nicht. Sag was.«

»Ich bin hier.«

Langsam gewöhnten sich Nicks Augen an die Dunkelheit. Er sah Finns Körper auf der Wiese liegen.

»Bin gleich bei dir.«

Finn stöhnte. »Scheiße. Ich kann nicht aufstehen.«

Er hatte den Helm ausgezogen. Sein Gesicht war kreidebleich. Vorsichtig versuchte er sich aufzusetzen.

»Bist du okay?«, fragte er Nick.

»Denke schon.«

»Mann, du zitterst ja.«

»Finn, ich bin in Ordnung.«

»Tut mir leid, dass ich uns ...«

Nick fasste Finn am Arm. »Hör auf! Sag mir, was dir fehlt.«

»Mein Bein tut tierisch weh. Mein Schädel brummt. Ein paar Rippen sind hinüber. Sticht gewaltig. Eine ganze Scheißliste ist das. Kannst du das Motorrad sehen?«

Nick erhob sich. Die Hände auf die Knie gestützt stand er gebeugt neben Finn und wartete darauf, dass das Schwindelgefühl nachließ.

»Dort!«, sagte Finn, der das Motorrad zuerst entdeckte. Es lag nur wenige Meter von ihnen entfernt. »Schau nach, ob es noch geht.«

»Spinnst du? Hast du dein Handy dabei? Wir müssen einen Krankenwagen rufen. Mensch, dein Bein ist wahrscheinlich gebrochen und du siehst aus wie ein beschissener Zombie.«

Finn ließ sich ins Gras zurückfallen.

»Du hast mein Handy.«

Natürlich! Finn hatte es ihm gegeben, aber er hatte es bei Kristen vergessen.

»Ich hab's nicht dabei«, sagte Nick. »Ich werde einen Wagen anhalten.«

»Bis jetzt ist keiner vorbeigefahren und da kommt auch nicht so schnell einer. Lass mich liegen und organisier Hilfe.«

»Ich lass dich hier nicht allein.«

»Hey, halb so wild. Ich werde schon nicht abkratzen. Versuch die Maschine zu starten.«

Immer noch auf wackligen Beinen stolperte Nick zu Finns Motorrad. Er brauchte eine ganze Menge Anläufe, bis es ihm gelang, die Maschine aufzurichten.

»Bitte, spring an«, flehte er, als er den Zündschlüssel drehte. Das Motorrad tat ihm den Gefallen. Erleichtert atmete Nick auf.

Beim ersten Haus der Ortschaft hielt Nick an. Er klingelte Sturm. Nach einer Ewigkeit streckte eine Frau den Kopf zum Fenster hinaus.

»Was soll das?«, rief sie gereizt.

»Wir hatten einen Unfall.«

Nick sah, wie die Frau zögerte und dann das Fenster wieder schließen wollte.

»Warten Sie! Mein Freund ist verletzt. Er braucht einen Krankenwagen.«

Sie trat vom Fenster weg. Nick drückte den Klingelknopf und ließ ihn nicht los.

Die Frau erschien wieder am Fenster. »Ihr habt doch alle Handys! Warum ruft ihr nicht selber an?«

»Wir haben keins dabei. Sie müssen mir die Tür ja nicht öffnen. Rufen Sie einfach einen Krankenwagen. Bitte.«

»Wo?«, fragte sie.

»In der scharfen Kurve kurz hinter dem Ortsausgang. Mein Freund liegt noch dort.«

»Ich komme runter.«

Sie verschwand wieder vom Fenster, aber diesmal ging kurz danach das Licht im Gang an und wenig später öffnete sie ihm die Tür.

»Ach du meine Güte«, entfuhr es ihr, als sie ihn ansah. »Willst du reinkommen?«

Nick schüttelte den Kopf. Er wollte zu Finn zurück und dort auf den Krankenwagen warten.

Finn hob den Kopf, als Nick das Motorrad neben ihm abstellte. »Mann, was tust du denn hier?«

»Dachte, dass es sich in Gesellschaft besser wartet«, sagte Nick, setzte sich neben Finn ins Gras und berührte kurz seinen Arm. »Der Krankenwagen ist unterwegs.«

»Gut. Wird ...« Finn hustete, verzog vor Schmerzen das Gesicht und legte eine Hand auf seinen Brustkorb. »Wird ziemlich kalt hier draußen.«

»Du hast es gleich geschafft.«

Mit einem pfeifenden Geräusch atmete Finn ein. »Du musst zu Caduff. Er wird dir helfen.«

»Mach ich! Und jetzt sei ruhig!«

Nick starrte in die Dunkelheit.

»Ich habe mit den Drogen aufgehört, weil der einzig wirkliche Freund, den ich je hatte, das so wollte.«

»Klingt nach einem guten Freund«, flüsterte Finn neben ihm.

»Dann hätte er sich nicht aufgehängt, ohne mir was zu sagen. Verdammt, ich wusste, dass er Probleme hatte. Ich hätte es verhindern können. Wenn er nur was gesagt hätte. Dazu sind Freunde da, oder etwa nicht?« Nick ballte seine Hände zu Fäusten und vermied es, zu Finn hinüberzusehen. »Hab ein paar Tage nach der Beerdigung einen Zettel gefunden. *Hör auf mit diesem Scheißzeugs* stand da drauf.«

»Das ist heavy.«

»Ja. Vor allem, wenn du keine Ahnung hast, wie du ohne diesen ganzen Schrott zurechtkommen sollst.«

»Hey, hast's ja gepackt.«

Jetzt endlich wagte es Nick, zu Finn hinüberzuschauen. Er sah ein schwaches Lächeln auf dem bleichen Gesicht.

Die Lichter eines Krankenwagens näherten sich der Kurve. Nick stand auf und hielt die Arme in die Höhe. Das Scheinwerferlicht erfasste ihn. Der Wagen hielt an, zwei Männer stiegen aus und kamen auf ihn zu. Höchste Zeit abzuhauen!

24

Nick parkte das Motorrad in Caduffs Einfahrt neben einem Wagen, der nicht Caduff gehörte. Auf der Wiese bei Finn hatte er gar nicht mitbekommen, wie sehr sein Körper schmerzte. Jetzt konnte er kaum zur Eingangstür gehen.

Er drückte auf die Klingel und brauchte nicht lange zu warten, bis Caduff die Tür öffnete. Benommen taumelte Nick in den Flur. Der Polizist hielt ihn fest.

»Was ist passiert?«

Caduff war plötzlich ganz weit weg.

»Hörst du mich?«

Er nickte, weil er nicht wusste, ob er etwas sagen konnte.

»Bist du verletzt?«

»Glaub nicht.«

»Hast du Schmerzen?« Langsam wurde Caduffs Gesicht wieder mehr als nur ein verschwommener Fleck.

»Ja.«

»Wo?«, fragte Caduff.

»Überall.«

Caduff sah so besorgt aus, dass sich ein Grinsen auf Nicks Gesicht stahl.

»Oh, du meine Güte«, sagte die seltsam vertraute Stimme einer Frau.

Nick schloss die Augen und öffnete sie wieder. Seine Mutter war immer noch da.

»Hilf mir«, sagte Caduff zu ihr, »wir bringen ihn ins Wohnzimmer.«

Nick versuchte, die beiden abzuwehren. Seine Mutter gehörte nicht hierher. »Lasst mich in Ruhe!«

»Junge ...«

Nicht schon wieder. Er war nicht Caduffs Junge. »Fass mich nicht an!«

»Wir können später streiten.« Caduff packte ihn am Arm. »Jetzt ist der falsche Moment.«

»Ich will, dass sie geht«, sagte Nick.

»Sie bleibt.«

»Ist schon gut, Joe.« Sie schlüpfte in ihre Jacke. »Es ist wirklich besser, wenn ich jetzt gehe. Ich rufe dich an.«

»Na prima«, murmelte Caduff. Er zog Nick Jacke und Pullover aus und schaute sich die Verletzungen an. »Blaue Flecken, Schürfungen und Prellungen. Ich glaube eigentlich nicht, dass du dir etwas gebrochen hast, aber wir sollten zur Kontrolle vielleicht lieber ins Spital fahren.«

»Ich will nicht ins Spital!« Nick streifte sich den Pullover wieder über den Kopf. Jede Bewegung schmerzte, aber er versuchte, sich nichts anmerken zu lassen.

»Was ist passiert?«, fragte Caduff erneut.

Nick hatte ihm von Finns Theorie erzählen wollen. Von seiner Begegnung mit Simon Forster. Wie sie verfolgt worden waren. Von dem Unfall. Aber jetzt interessierte ihn nur eines. Er fragte sich, was seine Mutter hier zu suchen hatte.

Caduff holte ein Glas Wasser. »Warum bist du gekommen?«

»Ist nicht mehr wichtig.«

»Aha«, sagte Caduff. »Sieht auch nicht wichtig aus. Komm schon, sag mir, was geschehen ist.«

»Ich will zuerst wissen, warum meine Mutter hier war!«

»Also gut«, meinte Caduff. »Ich kenne Franca seit Jahren. Wir waren zusammen, bevor sie deinen Vater kennen lernte. Sie meldete sich bei mir, als sie erfuhr, dass wir dich am Bahnhof aufgelesen hatten, und bat mich um Hilfe.«

»Was heißt das – zusammen? Du meinst, so richtig? Ein Paar?« Der Gedanke war so absurd, dass Nick auflachte.

»Ja. Und ich sehe nichts, was daran lustig ist.«

»Darum hast du mich bei dir pennen lassen und hinter Buchers Rücken Ermittlungen angestellt! Du riskierst deinen Job für eine scheißsentimentale Erinnerung. Hey, die Frau hat dich abgesägt und einen mit mehr Geld geheiratet!«

Nick sah, dass Caduff ihm am liebsten eine geknallt hätte. »Habe ich dir schon gesagt, dass du zu viel fluchst?«

»Ja, hast du. Dafür hast du mir eine ganze Menge viel wichtigere Dinge nicht gesagt.«

Nick wollte aufstehen, aber das Zimmer verschwamm vor seinen Augen.

»Was ist heute Abend geschehen, nachdem du bei Kristen warst ... du warst doch dort, oder? Hat es irgendwas mit dem zu tun, das ich dir ausrichten ließ?«

Genau deshalb war er hier. Weil er darüber mit Caduff

reden wollte. Es war noch nicht zu spät. Caduff würde ihm helfen.

»Ist sie es wert?«, fragte er stattdessen.

»Was?« Verwirrt schaute ihn Caduff an.

»Das alles hier. Wenn dein Chef rausfindet, was du getan hast, bist du deinen Job los.«

»Sie?«, fragte Caduff.

»Ja, sie. Meine Mutter. Deine Franca. Ist sie die ganze Scheiße wert?«

Diesmal schaffte er es. Er stand auf und ging zur Tür. Caduffs Hand legte sich auf seine Schulter. »Falsche Frage«, sagte er ruhig.

»Ach ja?«

Nick fragte nicht, was daran falsch war. Er wollte einfach raus.

»Ja, falsche Frage«, wiederholte Caduff. »Die richtige Frage ist: Bist du die ganze Scheiße wert?«

Nick schwieg.

»Du hast Angst vor der Antwort, nicht wahr?«

»Ach, fick dich doch!«

»Dann antworte ich für dich. Ja. Du bist die ganze Scheiße wert, Nick. Denk mal darüber nach.«

»Ich hab auch was zum Nachdenken für dich. Während ihr Bullen immer noch denkt, dass Carla und ich mithilfe von Thomas auf einem Rachetrip gegen meinen Vater sind, und du dich nett mit meiner Mutter unterhältst oder sonst was mit ihr tust, ist Finn unterwegs ins Spital, weil uns irgendwelche Idioten verfolgt und abgedrängt haben. Ihr habt doch nicht die leiseste Ahnung, was hier abgeht.«

»Dann klär mich doch mal auf, wenn du so viel weißt,

das wir nicht wissen. Was habt ihr gemacht, du und Finn? Sag's mir.«

»Warum sollte ich?«

»Weil es wichtig ist.«

»Auf einmal?«

»Ja!«

»Und warum? Weil ihr Bullen nicht mehr weiterwisst? Verhafte mich doch und verhör mich. Kannst aber auch die Abkürzung nehmen und es gleich bei meinem Vater versuchen.«

Caduff drückte ihn gegen die Tür. »Dein Vater hat nichts damit zu tun!«

»Woher willst du das wissen?«

»Denkst du, wir tun nichts?«

»Ehrlich gesagt, ja. Sieht mindestens nicht so aus.«

Caduffs Gesicht kam seinem ganz nahe. »Noch mal: Was habt ihr heute Abend getan, du und Finn?«

»Was ihr tun müsstet. Beweise gesucht. Jemandem hat das nicht gefallen.«

»Ich kann dich problemlos verhaften. Willst du das wirklich?«

Trotzig schwieg Nick. Er wollte nicht auf die Polizeistation, er hatte andere Pläne. »Okay. Ich sag's dir. Wir waren bei Simon Forster. Auf dem Weg zurück sind wir verfolgt worden. Wir hatten einen Unfall.«

Caduff sah besorgt aus. »Ihr wart bei Simon Forster? Dem Geschäftspartner von Albert Bergamin?«

»Ja, aber den könnt ihr von der Liste streichen. Der weiß von nichts.«

»Hör mir gut zu. Ich lasse dich laufen. Unter einer Bedingung: Du gehst zu Kristen und bleibst dort. Wir sind an der Sache dran. Hast du verstanden? Keine Alleingänge mehr.« Caduff öffnete die Tür. »Ich nehme nicht an, dass du bleiben willst.«

Mit dem Schlüssel, den Kristen Nick gegeben hatte, schloss er die Tür zu ihrer Wohnung auf. Er machte das Licht im Flur an und sah, dass sie auf dem Sofa eingeschlafen war.

»Kris!« Er schüttelte sie leicht. Sie fuhr hoch.

»Wie spät ist es?«, murmelte sie.

»Spät.«

»Hast du was herausgefunden?« Sie rieb sich die Augen und strich die Haare zurück.

»Glaub schon. Ich weiß nur nicht was.«

Sie schaute ihn verwirrt an. Er überlegte sich, ob er ihr alles erzählen sollte. Besser nicht. Sie würde sich Sorgen machen und darauf beharren, zur Polizei zu gehen. Sein Gefühl sagte ihm, dass er ganz nahe dran war. Egal, was Caduff ihm erzählt hatte, Nick war überzeugt, dass sein Vater tief in der Geschichte drinsteckte. Finn und er waren ihm zu nahe gekommen. Sein Vater würde schnell handeln müssen. Nick wollte dabei sein, wenn er das tat. Wenn alles gut lief, konnte er Carla finden. Diese Nacht noch, aber das ging nur, wenn er Kristen nicht einweihte. Sie würde ihn davon abhalten wollen.

»Wo ist Finn?«, fragte sie.

»Er ist nach Hause gegangen.«

Es war nicht einfach, sie zu belügen. Er dachte an ihre Hand auf seiner Wange und wandte sich ab.

»Nick, was ist los?«

Er hätte nicht herkommen sollen!

»Nichts!«

»Deine Kleider sind schmutzig. Du benimmst dich seltsam. Ich seh doch, dass etwas nicht stimmt.«

»Ich ... ich muss nur ganz schnell noch mal weg. Wenn ich zurück bin, erzähle ich dir alles.«

Er wich ihrem fragenden Blick aus.

»Ich dachte, wir ziehen das gemeinsam durch. Warum bist du überhaupt hier, wenn du mir nicht sagen willst, was du vorhast?«

Weil ich mich wegen Finn beschissen fühle. Weil ich es nicht ertrage, dass Caduff mir nicht verraten hat, dass er meine Mutter kennt. Weil ich dich liebe. Das alles sagte er nicht. »Weißt du, wo ich Finns Handy gelassen habe?«, fragte er stattdessen.

»Du hast es auf das Bücherregal gelegt.« Sie winkelte die Beine an und umschlang sie mit den Armen.

Er ging zum Regal und schnappte sich das Handy.

»Hat Finn deine Nummer einprogrammiert?«

»Weiß ich doch nicht!« Wie ein eingerollter Igel saß sie da und schaute ihn zornig an.

Er schaltete das Handy ein und suchte nach ihrer Nummer. Zum Glück hatte Finn sie gespeichert. Nick war sich nicht sicher, ob er sich getraut hätte, danach zu fragen. Sie war wütend auf ihn. Er steckte das Telefon in die Hosentasche.

»Ich melde mich.«

Sie antwortete nicht. Er wollte nicht einfach so gehen. »Wenn das alles hier vorbei ist ...«, begann er.

»Dann?«

»Dann würde ich dich gerne ins Kino einladen. Oder so. Irgendwas, was du gern machst.«

Himmel, sein Herz klopfte lauter, als die Uhr in Forsters Wohnzimmer getickt hatte! Sie ließ sich ganz schön Zeit mit ihrer Antwort. *Sag was!*

»Nick, ich will nicht nur die sein, die mit dir ins Kino geht. Hier und jetzt, das ist wichtig. Lass mich dir helfen. Nimm mich mit.«

Er zögerte. Nichts hätte er lieber getan, aber er wollte sie nicht in Gefahr bringen.

»Es ist wahrscheinlich nichts Wichtiges. Ich bin auch nicht lange weg. Versprochen.«

Er sah ihr an, dass sie ihm nicht glaubte.

»Darf ich den Schlüssel noch behalten?«, fragte er.

»Sei vorsichtig«, sagte sie.

25

Nick versteckte das Motorrad am Eingang zur Auffahrt. Im Schatten der Bäume näherte er sich seinem Elternhaus, das bis auf ein erleuchtetes Fenster im ersten Stock im Dunkeln lag. Sein Vater arbeitete wieder einmal durch. Fragte sich nur, was ihn diese Nacht beschäftigt hielt.

Nick schlich zum Geräteschuppen neben der Garage. In einer geheimen Nische lag seit Jahren gut versteckt ein Schlüssel für den Hintereingang. Nick griff nach ihm und stellte erleichtert fest, dass er immer noch da war.

Die Tür quietschte leise, als er sie öffnete. Er hielt den Atem an und wartete, aber nichts geschah. Vorsichtig tastete er sich schrittweise die hölzerne Treppe hoch, immer darauf gefasst, dass ihn ein Knarren verraten würde. Sein Puls raste. Auf seiner Stirn bildeten sich Schweißperlen. Würde nicht einfach sein zu erklären, warum er mitten in der Nacht hier herumschlich.

Er hatte Glück und schaffte es, geräuschlos in das erste Stockwerk zu gelangen.

Die Tür zum Arbeitszimmer war nur angelehnt. Durch einen schmalen Spalt fiel Licht auf den Flur. Nick drückte sich an der Wand entlang, bis es ihm möglich war, einen Blick in den Raum zu werfen. Sein Vater stand reglos am Fenster, die Hände hinter dem Rücken verschränkt. Nach einer Weile begann er, nervös auf und ab zu gehen. Dabei blickte er immer wieder auf die Uhr.

Der Klingelton eines Handys ließ Nick zusammenzucken. Sein Vater ging zum Schreibtisch und griff nach dem Telefon. Obwohl er auf den Anruf gewartet haben musste, ließ er es ein paar Mal klingeln, bevor er die Empfangstaste drückte. Er sprach so leise, dass Nick nicht viel mehr als »ja« und »nein« aus dem Gespräch heraushören konnte. Nach dem kurzen Wortwechsel schob er das Handy in die Tasche seines Anzugs und griff nach einem kleinen schwarzen Koffer.

Blitzschnell verzog sich Nick hinter einen Schrank. Keine Sekunde zu früh! Sein Vater stürmte aus dem Arbeitszimmer, hetzte die Treppe hinunter und verließ das Haus. Nick wartete einen Moment, bevor er ihm folgte.

Bei der Garage ging das Licht an. Nick fluchte über seine Idee, das Motorrad am Ende der Auffahrt zu lassen. Ihm blieb nicht viel Zeit. So schnell es sein Körper zuließ, rannte er über den Kiesplatz vor dem Haus und dann die Auffahrt hinunter. Kurz bevor die Scheinwerfer des Cherokees die Auffahrt erleuchteten, hechtete Nick in den Straßengraben. Ein stechender Schmerz fuhr durch seinen Rücken und raubte ihm den Atem. Der Jeep raste an ihm vorbei.

Nick rappelte sich auf und stolperte durch die Dunkelheit. Als er bei seinem Motorrad anlangte, hatte sein Vater einen fast uneinholbaren Vorsprung. Die Geräusche des Automotors verloren sich in der Nacht. Wütend auf sich selbst lehnte sich Nick keuchend gegen einen Baum. Er hatte es vermasselt.

Ein kurzes Aufleuchten von Autoscheinwerfern in den Hügeln riss ihn aus seiner Enttäuschung. Der Jeep fuhr durch die Weinberge in Richtung Rhein. Sein Vater war unterwegs zur Brücke! Nick drehte den Zündschlüssel und gab Gas. Wenn er sich beeilte, konnte er den Wagen noch einholen. Mit viel zu hoher Geschwindigkeit folgte er seinem Vater durch die engen Straßen, flog beinahe über die schmale Rheinbrücke, schlitterte um die Kurven, bis er plötzlich die Rücklichter des Cherokees viel zu nah vor sich hatte. Erschrocken bremste er ab und ließ sich zurückfallen. Er musste vorsichtiger sein!

Kurze Zeit später bog der Wagen auf die Autobahn ein. Nick fürchtete, dass er bemerkt werden könnte, denn um diese Zeit waren nur wenige Autos unterwegs. Er ließ sich weit zurückfallen und konzentrierte sich angespannt darauf, die Rücklichter nicht aus den Augen zu verlieren. Trotzdem hätte sein Vater ihn beinahe abgehängt, als er ohne zu blinken von der Autobahn abzweigte. Im letzten Moment bog Nick hinter ihm in die Ausfahrt, vorbei an einem Schild mit einem Ortsnamen, der Erinnerungen in ihm weckte. Fahrten in einem alten Jeep. Neben ihm am Steuer der große Vater in Jeans und Flanellhemd, zufrieden vor sich hin pfeifend. *Na, endlich mal wieder nur wir Männer.* Ein gut gelauntes Lachen.

Nick wusste jetzt, wohin sie unterwegs waren. Er machte die Lichter seiner Maschine aus und folgte dem Cherokee im Schein der Straßenlampen durch die Dörfer. Am Ortsrand begann die Straße anzusteigen und wand sich den Berg hoch. Bei der Abzweigung in eine schmale Bergstraße hielt er sein Motorrad an. Ihr Ziel war die alte Jagdhütte. Daran gab es keinen Zweifel mehr.

Nick nahm den Helm ab und wählte Kristens Nummer. Sie antwortete schon beim zweiten Klingeln.

»Kristen! Ich bin's.«

»Nick? Wo zum Teufel steckst du?« Sie war immer noch wütend.

»Ich weiß, wo er hinfährt«, sagte er schnell.

»Wer?«

»Mein Vater.«

Einen Moment lang war es still.

»Ich gebe dir Josef Caduff«, sagte sie schließlich.

»Warte! Ich will noch ...«

Sie gab ihm keine Chance, etwas zu erklären.

»Wo bist du?«, dröhnte Caduffs Stimme an sein Ohr.

Nick hatte Angst, Kristen zu verlieren. Ein zweites Mal. Er hätte sie nicht anlügen dürfen. Zu spät.

»Nick?«, drängte Caduff.

»Ich weiß, wo mein Vater hinfährt«, sagte Nick.

»Wohin?« Kurz und knapp. Keine Fragen nach dem Wie und Warum. Caduff klang verärgert. Selber schuld. Er hätte ja vorher mit offenen Karten spielen können!

»Zur Jagdhütte«, antwortete Nick ebenso kurz.

»Und wo ist die?«

Nick erklärte Caduff, wie er zur Hütte gelangen konnte.

»So, Junge, und jetzt hör mir gut zu.« Jetzt kam wohl die Standpauke.

Nick überlegte sich, die Verbindung einfach zu unterbrechen, aber er blieb dran. »Du bleibst, wo du bist, und wartest auf uns. Keine Alleingänge mehr. Den Rest überlässt du uns. Verstanden?«

Nick schwieg. Caduff hatte echt besorgt geklungen.

»Er hat einen Koffer dabei.«

»Wir werden uns darum kümmern. Wir. Nicht du. Verstanden?«, wiederholte Caduff.

»Ja«, antwortet Nick kurz und legte auf.

Die Jagdhütte stand gut verborgen inmitten eines letzten Ausläufers des Waldes, nahe an einer Felswand, in der sich Höhlen und verborgene Eingänge zu dem stillgelegten Eisenbergwerk befanden.

Pass auf, dass du dich in den Stollen nicht verirrst!

Ganz deutlich erinnerte er sich an diesen Satz. Und plötzlich war alles klar. Carla war irgendwo da oben, in einem Labyrinth von Höhlen und Gängen, wo man jemanden so verstecken konnte, dass er für immer unentdeckt blieb.

Nick konnte nicht warten. Er startete das Motorrad und fuhr die Bergstraße hoch. Sein Vater hatte Carla. Und einen Koffer. Wahrscheinlich gefüllt mit Geld für jemanden, der Carla etwas antun würde. Der Typ am Telefon, das war der Hagere gewesen! Der Mann für die Drecksarbeit. Die Jagdhütte war der Treffpunkt. Nick schaute zurück. Keine Lichter hinter ihm. Noch nicht. Aber viel Zeit würde wohl nicht bleiben. Caduff musste sich beeilen!

Nick hielt Ausschau nach der kleinen Waldlichtung mit dem wuchtigen Felsen auf der linken Seite. Kurz nach diesem Felsen bog ein Waldweg zur Jagdhütte ab. Nick glaubte schon, daran vorbeigefahren zu sein, als sich der

Wald vor ihm auftat und den Blick auf die Lichtung freigab.

Die Regenwolken hatten sich fast alle verzogen. Zwischen den wenigen verbliebenen Wolkenfetzen stand der Mond am Himmel und verbreitete gerade so viel Licht, dass Nick die nähere Umgebung erkennen konnte. Da war der Felsen! Jetzt musste gleich die Abbiegung kommen. Nick bremste ab und sah sich um. Nichts. Das konnte nicht sein! Verwirrt stieg er vom Motorrad. Irgendwo hier musste doch der verdammte Weg sein! Nick ging die Bergstraße entlang, bis sie steil anstieg. Keine Spur von einem Waldweg. Er kehrte um und prüfte aufmerksam die Umgebung. Dichtes Unterholz wucherte bis zur Straße, die Schatten der Bäume tauchten die Straße in ein schmutziges Schwarz. Außer seinen eigenen Schritten und dem Puls, der gegen seine Schläfen pochte, herrschte eine beklemmende Stille.

Gerade als er aufgeben wollte, entdeckte er Wagenspuren. Den lehmigen Weg, an den er sich erinnerte, gab es nicht mehr. Gras hatte ihn im Laufe der Jahre überwachsen und durch dieses Gras führten frische Reifenspuren in den Wald.

Nick rannte zurück zum Motorrad und entschied sich, es zu verstecken. So konnte es der Hagere nicht gleich entdecken, wenn er ihnen folgte. Der Gedanke, dass ihm jemand auf den Fersen sein könnte, ließ seinen Puls noch schneller rasen. Vielleicht wäre es doch besser, auf Caduff zu warten. Nein. Er hatte zu viele Fragen, die er seinem Vater stellen wollte. Die drängendste war die nach Carla, sie trieb ihn vorwärts.

Er schob das Motorrad hinter den Fels. Von der Anstrengung war ihm warm geworden. Er zog die Jacke aus und legte sie auf den Sitz. Kristens Jacke.

»Ich hole uns Carla zurück«, flüsterte er.

Bis zur Hütte waren es noch ein paar hundert Meter. Er lief los.

Albert Bergamin musste sich sehr sicher fühlen. Der Cherokee parkte vor der Hütte, die Wohnstube war hell erleuchtet. Nick hatte keinen Plan, nur eine unendliche Wut im Bauch. Er riss die Tür auf und stürmte in den Raum. Sein Vater saß am runden Holztisch und schaute ihn mit einer Mischung aus Verachtung und Verbitterung an.

»Ich hätte es wissen müssen«, sagte er resigniert.

»Was? Dass ich dir auf die Schliche komme?« Nick schleuderte ihm die Worte an den Kopf. Er wartete die Antwort nicht ab. »Was ist da drin?«, fragte er und deutete auf den Koffer auf dem Tisch.

»Na, was wohl?«

»Verarsch mich nicht!«, schrie Nick.

Sein Vater zögerte einen Moment und stand auf. »Wieso bist du hier?«, fragte er eindringlich.

»Das sollte doch eher ich dich fragen, glaubst du nicht auch?«

»Hast du mich vorhin angerufen?«

»Angerufen?« Nick packte den Koffer. »Was soll der Scheiß? Sag mir, was in dem Koffer ist und wo du Carla versteckst.«

»In diesem Koffer ist eine halbe Million Franken. Genau so viel, wie du am Telefon verlangt hast.« Sein Vater machte einen Schritt auf ihn zu.

»Komm mir bloß nicht zu nahe. Und bieg nicht alles so zurecht, wie es dir passt. Das kannst du mit den Kriechern in deiner Firma machen, aber nicht mit mir! Du weißt genau, dass ich dich nicht angerufen habe.«

Sein Vater blieb stehen. »Hier stimmt etwas nicht«, sagte er. »Ich glaube, es ist nicht so, wie wir denken.«

»Das ist der beschissenste Satz, den ich je gehört habe. Der kommt in jedem verdammten schlechten Film vor. Fällt dir nichts Besseres ein?« Nick knallte den Koffer zurück auf den Tisch.

»Hast du mich angerufen und mir gesagt, ich solle hierher kommen? Ja oder nein?«, fragte sein Vater und diesmal klang seine Stimme nicht mehr fest und bestimmt, sondern unsicher. So hatte ihn Nick noch nie gehört und einen Augenblick lang zögerte er.

»Das ist doch ein Witz! Du kennst meine Stimme. Du weißt, dass ich nicht angerufen haben kann. Hör auf damit!«

»Das ist kein Spiel! Begreif das endlich! Zuerst der Zettel in meinem Briefkasten, dann der Anruf heute Nacht. Die Verbindung war sehr schlecht. Du hättest es sein können. Aber ich bin mir nicht sicher. Also. Warst du es?« Er machte einen weiteren Schritt auf Nick zu.

»Nein!«, schrie Nick und stürzte auf seinen Vater zu, in seinem Kopf nur einen einzigen Gedanken: Er wollte diesen Mann verletzen, ihm wehtun, die Wahrheit aus ihm rausprügeln. Durch den Aufprall fielen beide zu Boden. Sein Vater schlug hart auf, stöhnte und blieb reglos liegen.

Vor der Hütte hielt ein Wagen an. Caduff! Es war vorbei. Nick zog sich an der Tischkante hoch. Draußen waren

Schritte zu hören. Gleich würde es vorbei sein. Doch es war nicht Caduff, der die Hütte betrat. Nick erkannte den Typen sofort. Es war der Hagere, den er in der Firma seines Vaters gesehen hatte. Nick lachte bitter auf. Er hatte es gewusst! Sein Vater war ein beschissener Lügner.

26

»Dich hätte ich hier nicht erwartet. Hat dir der Unfall nicht gereicht?«, fragte der Hagere.

»Nein danke. Ich bin hart im Nehmen.« Nick wich zurück und ließ den Typen nicht aus den Augen. Während er fieberhaft überlegte, was er tun sollte, betrat ein weiterer Mann den Raum. Nick starrte ihn an und verstand überhaupt nichts mehr.

In der Tür stand Simon Forster. Er warf einen Blick auf Nick und wandte sich an den Hageren. »Hast du mir nicht gesagt, du hättest ihn aus dem Verkehr gezogen?«

Vom verwirrten Forster, für den Nick noch vor ein paar Stunden Mitleid empfunden hatte, war nichts mehr zu spüren. Auch nicht vom stillen, rechtschaffenen Geschäftspartner seines Vaters. Der Forster, der vor ihm stand, hatte ein abschätziges Lächeln und jede Menge Verachtung im Gesicht.

»Der Kerl ist zäher, als ich dachte«, antwortete der Hagere.

Langsam schritt Forster zu seinem bewusstlosen Geschäftspartner und trat ihm in die Seite. »Hast du ihn k.o.

geschlagen?«, fragte er Nick. Er schien keine Antwort zu erwarten, denn er redete gleich weiter. »Gut, da hast du uns ja schon die halbe Arbeit abgenommen.«

Nick brachte keinen Ton heraus.

Forster legte ihm die Hand auf die Schulter, so wie an jenem Morgen in der Firma. Nur entschuldigte er sich diesmal nicht dafür.

»Überrascht? Ich war wohl ziemlich überzeugend heute Abend. Du hast zwar die richtigen Fragen gestellt, aber dich mit den falschen Antworten zufriedengegeben.«

Nick war nicht nach einer Antwort zumute. Simon Forster? Er hatte diesen irrwitzigen Plan ausgeheckt, nicht Nicks Vater?

»Im Schrank dort drüben liegt ein Seil. Hol es!«, befahl der Hagere.

Benommen stolperte Nick zum Schrank. Er hatte sich geirrt, gewaltig geirrt. Mit zitternden Händen öffnete er die Schranktür. Seine Augen suchten die Regale ab, aber er fand nichts, mit dem er sich hätte wehren können.

»Keine Mätzchen, oder es passiert was«, knurrte der Hagere.

Nick griff nach dem Seil und trat vom Schrank weg.

»Gut so. Und nun binde den Alten am Tisch fest.«

»Nein.« Sollten sie doch machen, was sie wollten. Sie hatten eine Verabredung mit seinem Vater, nicht mit ihm.

»Sei nicht dumm und mach, was er dir sagt«, sagte Forster.

»Nein!«, wiederholte Nick trotzig.

Der Hagere griff in seine Jackentasche und zog eine Pistole heraus.

»Junge, das hier ist kein Scherz. Ich habe es satt, ewig und überall auf dich zu stoßen. Wenn du deine Cousine wiedersehen willst, tust du jetzt, was wir dir sagen.«

Carla! Nick gab seinen Widerstand auf. Er durfte nichts riskieren, was Carla gefährden konnte. Caduff würde jeden Moment hier sein. Bis dahin musste er mitspielen. Er schleifte seinen immer noch reglosen Vater zum Tisch, zog ihn am Oberkörper hoch und lehnte ihn gegen das Tischbein. Als er versuchte, den immer wieder abgleitenden Körper festzubinden, fiel der Kopf seines Vaters gegen seine Schultern.

»Lose anbinden«, flüsterte Albert Bergamin kaum vernehmbar. Nick hätte nie gedacht, einmal so froh zu sein, seinen Vater etwas sagen zu hören.

»Knie dich so hin, dass ich sehen kann, was du tust!«, befahl der Hagere.

Nick bewegte sich zur Seite und gab vor, die Knoten fester als nötig anzuziehen. Sein Vater unterstützte ihn dabei durch lautes Stöhnen.

»Nicht so eng«, flüsterte er heiser, hob den Kopf und sah den Hageren an. »Bitte sagen Sie ihm, er soll die Knoten nicht so straff machen.«

Forster verzog den Mund. »Recht so, Nick! Tut doch gut, es dem Kerl mal so richtig zu zeigen.«

Nick versuchte ein freches Grinsen.

»So, und jetzt setz dich hin und beweg dich nicht!« Der Hagere steckte die Pistole mit einer lockeren Bewegung zurück in seine Jackentasche.

»Soll ich ihn fesseln?«, fragte Forster.

»Lass mal, den halte ich problemlos unter Kontrolle. Ist ein Leichtgewicht. Außerdem kann er uns nachher helfen, die Kleine rauszuholen. Erspart uns einen Gang in das Dreckloch.«

Forster dachte einen Moment nach.

»Hast recht«, meinte er schließlich. Er griff nach einem Stuhl und setzte sich Nick gegenüber. »Du hättest dich da nicht einmischen sollen. Wäre für alle besser gewesen.«

»Verschon mich mit deinem Scheiß. Es interessiert mich nicht.«

Forster lachte. »Aber, aber. Willst du denn gar nicht wissen, was geschehen ist?«

Nick schwieg. Dieser Mistkerl mit seinem selbstherrlichen Gehabe konnte lange auf eine Antwort warten.

»Du bist genauso stur wie dein Vater.« Forster erhob sich, wippte auf den Zehenspitzen und faltete die Hände.

»Simon«, drängte der Hagere und deutete auf seine Uhr.

»Sei still.« Simon wedelte mit der Hand, als wolle er eine lästige Fliege verscheuchen. »Auf diesen Moment habe ich lange genug gewartet. Der große Albert Bergamin am Ende! Jetzt bin ich am Zug, diese zehn Minuten müssen sein.« Er wandte sich an sein Opfer. »Tut ganz schön weh, so über die Folgen seiner Selbstherrlichkeit zu stolpern, nicht wahr, Albert? Fast so weh, wie von seinem eigenen Geschäftspartner übers Ohr gehauen und nach Strich und Faden ausgenutzt, belogen und betrogen zu werden.«

»Ich habe dich weder belogen noch betrogen«, sagte Nicks Vater leise. »Du hast dich selbst um deinen Anteil gebracht. Ich habe alles getan, damit du dich ohne Gesichtsverlust aus der Affäre ziehen konntest.«

»Oh ja, großmütig wie immer«, zischte Forster. »Du

hättest mir ein Darlehen geben können, statt das Abzahlen meines Kredits an die Bedingung zu knüpfen, dir meine Hälfte der Firma zu überlassen. Und ich soll dir auch noch dankbar sein, dass du mir meinen guten Ruf gelassen hast. Jede Unterschrift, die ich unter deine Papiere gesetzt habe, war ein Grund mehr, es dir heimzuzahlen.« Er lachte hämisch auf. »Unter deiner Nase habe ich meine Rache Zug um Zug umgesetzt und du warst zu dumm, es zu merken. Ich habe euch gegeneinander ausgespielt. Vater und Sohn, die sich gegenseitig verdächtigten, während ich den ach so großartigen Bergamin hinter seinem Rücken bei diesen Prosecco schlürfenden Jungkapitalisten schlecht aussehen ließ. Es gibt doch nichts Wirksameres als ein paar wirklich aussagekräftige Fotos von einem missratenen Sohn, den sanften Hinweis auf verloren gegangene Aufträge und einige leise Andeutungen über unschön gefälschte Bilanzen. Hast du dich denn nicht gewundert, als du nichts mehr von deinen sauberen Geschäftsfreunden gehört hast nach eurem letzten Treffen? Ich habe noch nie jemanden so schnell den Schwanz einziehen sehen. Wenn du mich fragst, wolltest du unsere Firma an eine Horde Feiglinge verkaufen!«

»Du Schwein«, stieß Nick hervor. »Du elendes Schwein! Du hast Carla in deinen miesen Rachefeldzug hineingezogen. Wir waren nie in Berlin. Du hast das alles nur inszeniert, um meinen Vater fertigzumachen.«

»Schlauer Bursche«, schmunzelte Forster. »Richtig, Nick. Markus hat dir etwas in den Drink geschüttet und als ihr das *Zoom* verlassen habt, hat er Carla den guten Samariter vorgespielt. Sie hat den kleinen Stich, als die Nadel mit dem Betäubungsmittel in ihre Haut drang, kaum gespürt. Bevor sie wusste, wie ihr geschah, wart ihr im Wagen und unterwegs hierher. Ich habe hier gewartet und Markus geholfen, die kompromittierenden Fotos zu machen. Ein paar Mal knipsen, ein bisschen Bildbearbeitung, und schon hatten wir euch in Berlin. Eigentlich schade, dass ihr viel zu weggetreten wart, um etwas davon mitzubekommen. Ihr gäbt ein schönes Paar ab.« Er blinzelte verschwörerisch. Nick hätte ihn am liebsten erwürgt, aber er nahm sich zusammen. Nur nicht provozieren lassen, nicht von diesem schleimigen Wurm. Sollte Caduff sich um ihn kümmern.

Der Hagere ging zur Tür und horchte in die Nacht.
»Simon, wir sollten vorwärtsmachen.«
Forster lächelte. »Gleich, Markus, gleich!«
»Du bist der Chef«, antwortete der Hagere angespannt. »Trotzdem wäre ich froh, wenn wir das so schnell wie möglich hinter uns bringen könnten.« Er stellte sich an das Fenster, von dem aus man die Anfahrt am besten überblicken konnte.

Nick schaute seinen Vater an. Er sah aus, als sei soeben seine ganze Welt zusammengebrochen.

»Du hast mir die Fotos auf den Tisch gelegt«, sagte er fassungslos zu Forster.

»Aber sicher doch, lieber Albert«, antwortete der selbstzufrieden. »Ich konnte ja schlecht den da in dein Büro lassen.« Er blickte kurz zum Hageren. »Oder sie gar der Polizei schicken. Dann hätten die gemerkt, dass ein Dritter im Spiel war.«

»Ihr habt trotzdem einen Fehler gemacht«, sagte Nick. »Ich habe den Typen in der Firma gesehen.«

Auf Forsters Gesicht zeigte sich Ärger. »Das war ein grober Fehler. Markus hätte sich nie dort zeigen dürfen.« Wütend schaute er zu seinem Komplizen. »Musstest dein Geld ja unbedingt sofort haben!«

Der Hagere ignorierte Forsters Bemerkung und beobachtete weiterhin die Umgebung. Forster wandte sich an Nick. »Ein unangenehmer, aber nicht ernst zu nehmender Zwischenfall. Du bist der Hauptverdächtige und wirst es auch bleiben. Wir wollen die Polizei doch nicht enttäuschen.«

Nicks Vater zog scharf die Luft ein. Forster trat vor ihn hin. »Keine Angst, du kommst auch noch dran. Du darfst die Dokumente unterschreiben, Albert. Sobald ich deinen Namen auf den Papieren habe, könnt ihr Carla zurückhaben. Und dann überlasse ich es euch, der Polizei zu erklären, dass Nick und Carla versucht haben, den erfolgreichen Albert Bergamin zu erpressen.« Forster gluckste vor Vergnügen.

Nick fragte sich, ob er übergeschnappt war. Er bemerkte, wie sein Vater ungläubig den Kopf schüttelte.

»Damit wirst du nicht durchkommen, Simon.«

»Ach ja?«

»Was sollte mich davon abhalten, der Polizei die Wahrheit zu sagen?«

Nick sah ein merkwürdiges Glitzern in den Augen seines Vaters und folgte seinem Blick zu den Fesseln. Forster schien nichts zu bemerken. Er kostete seine Rache sichtbar aus und setzte zum vernichtenden Stoß an.

»Unterschätze nie die Macht der Bilder.« Sein Grinsen wirkte jetzt dämonisch. »Du hast noch nicht alle Fotos von Nick und Carla gesehen. Glaub mir, du willst nicht, dass die ganze Schweiz sie zu Gesicht bekommt. Nicht, wenn dir deine Nichte etwas bedeutet. Markus hat die Speicherkarte. Er wird sich den Koffer mit dem Geld nehmen und dafür die Speicherkarte an einem sicheren Ort aufbewahren. Du, mein Lieber, du wirst mir jetzt deine Firma offiziell überschreiben. Die Papiere sind alle vorbereitet. Mit welcher Begründung du dich von *b&fTech* verabschieden wirst, darfst du selbst aussuchen.«

27

Motorengeräusche drangen durch die Nacht. Der Hagere schaute aufmerksam aus dem Fenster.

»Was ist los?«, fragte Forster.

Jetzt oder nie! Ihre Bewacher waren abgelenkt. Nick blickte zu seinem Vater und bemerkte, wie er den Oberkörper aufrichtete und ihm zunickte. Er musste es geschafft haben, die Fesseln zu lösen.

Nick zögerte keine Sekunde. Er hechtete Forster entgegen und riss ihn zu Boden. Der heftige Aufprall jagte eine Schmerzwelle durch seinen Körper, betäubte aber nicht die Wut, die er auf den Mann hatte. Er hämmerte Forsters Kopf auf den Boden. Immer wieder, bis ihn jemand von dem leblosen Körper riss. Der Hagere hatte seine Hände in Nicks Schultern gekrallt und schob ihn durch das ganze Zimmer. Nick prallte mit dem Rücken gegen die Wand. Wo zum Teufel war sein Vater?

»Hau zu, Paps!«, schrie Nick und sah dem Hageren über die Schulter. Der alte Trick funktionierte. Der Kopf seines Angreifers schnellte herum. Nick rammte ihm sein Knie zwischen die Beine. Augenblicklich lösten sich die klammernden Hände, der Hagere stöhnte auf und schnappte nach Luft. Nick stieß ihn zu Boden und stürzte zu Forster, der sich aufzurichten versuchte.

»Du bleibst liegen!«, rief Nick und trat ihm mit voller Wucht gegen den Brustkorb.

»Nick!« Sein Vater stand mitten im Raum, das Gesicht blutüberströmt, in der Hand hielt er die Waffe des Hageren. »Hör auf!«

Er richtete die Pistole auf den Hageren. »Keine Bewegung! Du auch, Simon.«

Der Hagere stand keuchend auf.

»Du wirst nicht schießen, Bergamin. Du bist ein Weichei, wie alle Geschäftsmänner.« Er spuckte auf den Boden. Bergamin richtete die Pistole auf ihn und drückte ab. Die Kugel schlug ein paar Zentimeter neben dem Kopf des Hageren ein.

»Irrtum«, antwortete Nicks Vater. »Das hier ist eine Jagdhütte. Schon mal einen Jäger gesehen, der nicht schießen kann?«

Wortlos setzte sich der Hagere auf den Stuhl neben Forster. Er musste die Vorstellung von Bergamin genauso überzeugend gefunden haben wie Nick.

»Ich gehe Carla holen. Kannst du die beiden unter Kontrolle halten, bis Caduff da ist?«, fragte Nick.

»Caduff? Der Polizist, der bei mir im Büro war?«

»Ja«, antwortete Nick. »Ich habe ihn angerufen, als ich merkte, wo du hinfährst. Die Motorengeräusche von vorhin. Das muss er gewesen sein.«

»Warte auf ihn. Er wird gleich da sein.«

Nick schüttelte den Kopf. »Nein.« Er trat Forster in die Seite. »Sag mir, wo sie ist!«

»Nicht!«, zischte ihn sein Vater an.

»Doch! Ich werde dem Scheißkerl wehtun, bis er mir sagt, wo Carla ist. Sie hat nichts mit der ganzen Geschichte zu tun. Nichts. Sie kann für all das nichts!« Nicks Stimme überschlug sich vor Wut.

»Ich weiß.« Sein Vater wischte sich mit der freien Hand das Blut aus dem Gesicht. »Es tut mir leid.«

»Ein bisschen spät, nicht wahr?«, fuhr Nick ihn an.

»Ja, viel zu spät. Aber jetzt ist der falsche Moment, uns deswegen anzubrüllen. Wir müssen das hier zu Ende bringen. Irgendwie.« Sein Vater griff sich an die Brust.

»Bist du verletzt?«, fragte Nick.

»Bin etwas hart aufgeschlagen und der Typ hat einen ziemlich guten rechten Haken.« Er zeigte auf den Hageren, der missmutig auf seinem Stuhl saß und immer wieder zur Tür schielte.

Bergamins Gesichtsausdruck verriet Abscheu, als er sich an Forster wandte. »Wo ist Carla?«

Forster saß auf dem Boden, die Knie an die Brust gezogen wie ein verängstigtes Kind.

»Das kannst du nicht machen, Albert«, flehte er. »Nicht nach allem, was du mir angetan hast.«

»Was ich dir angetan habe?« Fassungslos starrte Bergamin seinen alten Weggefährten an. »Du bist ja krank, Simon. Sag Nick, wo er Carla suchen muss. Jetzt.«

»Du ... du ...«, kreischte Forster auf. »Rede dich jetzt nicht heraus! Nicht diesmal! Du hast einen schwachen Moment von mir gnadenlos ausgenutzt. Du hast mich ganz bewusst fertiggemacht, um mit deinen gierigen Fingern nach der ganzen Firma zu greifen.«

»Du hattest unzählige Chancen. Ich konnte nicht anders.« Nick hörte kein Bedauern in der Stimme seines Vater, nur diese Härte, die er allzu gut kannte.

»Natürlich nicht«, sagte Simon. »Du kannst ja nie anders. Schau dir doch einmal deinen Sohn an. Bei dem hast du auch nie anders gekonnt, nicht wahr? War ja alles zu seinem Besten. Und Franca. Bei der konntest du wohl auch nicht anders, bis sie dir weggelaufen ist. Du egoistischer Bastard trampelst doch mit einem Lächeln über uns weg. Räumst in deiner Selbstgerechtigkeit alles aus dem Weg, was nicht will, wie du willst. Weißt du was, das ist ein schäbiges Leben, genauso schäbig wie meins.«

Bergamin senkte den Blick. »Da hast du sogar recht, Simon.«

»Hört auf!«, schrie Nick. »Ihr seid zum Kotzen, alle beide.« Das stimmte nicht ganz. Das Eingeständnis seines Vaters hatte etwas in ihm berührt, von dem er nicht wusste, ob er es überhaupt fühlen wollte. »Ich will jetzt endlich wissen, wo Carla ist!«

Er packte den Koffer mit dem Geld und schleuderte ihn gegen ein Fenster. Das klirrende Geräusch des Glases verfehlte seine Wirkung nicht. Forster schrumpfte wieder auf ein Häufchen Elend zusammen.

»Sie hat dir nichts getan.« Nick packte Forster an den Schultern und zwang ihn, ihm in die Augen zu sehen. »Sag es mir.«

»Es gibt einen Eingang in einen alten Schacht des Bergwerks. Etwas weiter oben.«

Nick kannte den Eingang. Er hatte ihn oft benutzt.

»Gibt es hier immer noch Taschenlampen?«, fragte er.

»Ja, dort drin.« Sein Vater deutete auf den Schrank, in dem auch das Seil gelegen hatte. »Warte auf die Polizei«, bat er. Er war blass und das Atmen fiel ihm hörbar schwer. »Diese Gänge sind gefährlich. Ist eine Weile her, seit du zum letzten Mal hier gewesen bist.«

»Nein. Wenn du hier alles unter Kontrolle hast, dann gehe ich.«

Nick war schon bei der Tür, als ihn sein Vater zurückrief.

»Warte! Du brauchst noch was!« Er wandte sich an Forster. »Gib ihm den Schlüssel, Simon!«

»Welchen Schlüssel?«

»Du weißt so gut wie ich, dass du Carla da unten eingeschlossen hast. Sonst wäre sie schon lange weggelaufen. Also, wo ist der Schlüssel?«

»Ich habe ihn nicht.« Forster schaute zum Hageren hinüber. »Er hat ihn.«

»Feigling«, murmelte der Hagere. Er richtete sich an Nick. »Du hast wenigstens Mumm in den Knochen.« Er zog einen Schlüssel aus seiner Hosentasche und reichte ihn Nick.

28

Der kleine Lichtkegel der Taschenlampe erhellte den Pfad vor Nick nur schwach. Zweige schlugen ihm ins Gesicht, seine Beine verhedderten sich im Unterholz. In der Dunkelheit verlor er schnell jedes Gefühl für Zeit und Distanz. Er hatte keine Ahnung, wie lange er schon durch den Wald stolperte. Seine Augen suchten Anhaltspunkte, irgendwas, woran er sich orientieren konnte, aber da war nichts. Er fiel hin, schlug sich die Knie auf, stand auf, nur um ein paar Meter weiter auf einem nassen Stein auszurutschen. Der Schmerz und die Verzweiflung trieben ihm Tränen in die Augen, doch er gab nicht auf und folgte dem überwachsenen Pfad, bis ihm ein großer, vorstehender Felsbrocken den Weg versperrte. Sein Kletterfels von früher! Er ahnte die Wand mehr, als er sie sah, aber er wusste, dass sie sich senkrecht vor ihm erhob. Erleichtert atmete er auf. Der verlassene Schacht musste ganz in der Nähe sein.

Jetzt, wo Nick seinen ersten Anhaltspunkt gefunden hatte, erkannte er weitere. Die wuchtige Tanne mit den schlangenartigen Wurzeln, die große Steinplatte, auf die er als Kind mit Kreide Tiere gezeichnet hatte, die von Jägern aufgestellte Futterkrippe, in der das Wild in harten Wintern zusätzliche Nahrung fand. Der Pfad schlängelte sich nun an der Felswand entlang. Nick leuchtete das Gestein an und suchte nach dem schmalen Spalt, der den unscheinbaren Eingang in ein Labyrinth aus Stollen und Gängen bildete. Fast hätte er die Öffnung übersehen, die zuerst nur ein weiterer dunkler Schatten im Fels zu sein schien.

Er zwängte sich durch die enge Lücke. Der schroffe Fels drückte gegen die Prellungen an seinem Oberkörper, Wasser rann ihm den Nacken hinunter. Einen Augenblick lang fühlte er wieder die Panik, die ihn am Nachmittag in der Baracke gepackt hatte. Die Vorstellung, dass Carla seit Tagen in dieser Dunkelheit ausharrte, schnürte ihm die Kehle zu. Entschlossen drang er in das Innere des Berges. Nach wenigen Metern wurde der schmale Gang breiter und Nick atmete wieder regelmäßig.

»Carla!«, rief er, so laut er konnte. »Carla!«

Im Stollen herrschte gespenstische Stille, die nur vom Tropfen des Wassers durchbrochen wurde. Als Kind hatte Nick diese unheimliche Lautlosigkeit fasziniert, jetzt jagte sie ihm Angst ein. Trotzdem ging er weiter. Der Gang führte nun abwärts und Nick wusste, dass er gleich zu einem steilen Stück kommen würde, einer Stelle, von der er als Kind geglaubt hatte, sie führe geradewegs in die Hölle. Es hatte damals lange gedauert, bis er den Mut aufbrachte, dieses Stück zu überwinden. Er hatte seinen Vater gefragt, wie weit es runtergehe, bevor er auf den Teufel treffe. Sein Vater hatte schallend gelacht und ihm versichert, dass keine Gefahr bestand, dem Teufel jemals Auge in Auge gegenüberzustehen. Also hatte Nick seinen ganzen Mut zusammengenommen und war den stark abfallenden Gang hinuntergeklettert. Am Ende des Steilstücks war sein Forschungsdrang belohnt worden. Der Stollen teilte sich, führte in verschiedene Schächte, die sich wiederum teilten. Ein Labyrinth tat sich auf, das Nick begeistert erkundete. Nur einen Gang hatte er nie erforscht. Er endete nach ein paar Metern an einem zugesperrten Eisengitter. Nick hatte sich in seiner Fantasie ausgemalt, was sich alles hinter diesem Gitter verbergen könnte, und als er den Strahl seiner Lampe in das dunkle Loch gerichtet und dabei etwas Weißes angeleuchtet hatte, rannte er davon, so schnell er konnte. In seinen Träumen verfolgten ihn danach wochenlang Fledermäuse, Zombies und andere Ausgeburten der Hölle. Nick dachte an den Schlüssel in seiner Hosentasche und wusste, dass er genau zu dieser Gittertür passen würde.

Der Boden unter seinen Füßen wurde steiniger und fiel stärker ab. Er hatte das Steilstück erreicht. Vorsichtig setzte er einen Fuß vor den anderen, trotzdem rutschte er immer wieder auf dem losen Geröll aus. Mehrmals konnte er sich erst im letzten Moment fangen. Sein Herz schlug schneller und trotz der kühlen Luft im Stollen klebte ihm sein schweißnasser Pullover am Rücken. Wie um alles in der Welt hatten Forster und der Hagere es geschafft, Carla hier herunterzubringen? Vielleicht war sie gar nicht hier! Vielleicht hatte er etwas übersehen.

Unsicher geworden überlegte er, ob er umkehren sollte, und passte einen Augenblick nicht auf, wohin er trat. Er fühlte, wie eine brüchige Steinplatte unter ihm nachgab, seinen Körper ins Straucheln brachte und ihn mitriss. Er stürzte in die Dunkelheit. Im Fallen umklammerte er die Taschenlampe. Ohne Licht war er hier unten verloren. Erst als er mit dem Rücken heftig gegen den harten Fels schlug, wurde sein Sturz gebremst. Nick taten alle Knochen weh. Reglos lag er da und hörte Steine in die Tiefe kullern, welche sein Körper beim Fall gelöst hatte.

Eine warme Flüssigkeit rann über sein Gesicht. Er wischte sie mit dem Ärmel weg und setzte sich vorsichtig auf. Das Licht seiner Taschenlampe brannte noch. Nick richtete den Strahl auf seine Beine. Die Hose war zerrissen, seine Knie aufgeschlagen, aber sonst sah alles okay aus. Er konnte Arme und Beine bewegen. Mühevoll richtete er sich auf und tastete sich langsam den Fels entlang.

»Carla!« Seine Stimme war viel zu leise. Er spuckte lehmige Erde aus, die ihm während des Sturzes in den Mund geraten sein musste.

»Carla!« Diesmal war er laut genug. Er wartete auf eine Antwort. Nichts. Er rief erneut. Ihm fiel ein, dass sie sich vielleicht nicht zu antworten traute. Er begann ganz ruhig zu sprechen. »Carla, ich bin's, Nick. Ich bin hier, um dich rauszuholen. Es ist vorbei. Die Polizei wird gleich hier sein.«

Im Schein seiner Taschenlampe konnte er die Stelle erkennen, an welcher der Gang zur Gittertür abzweigte.

»Carla, ich komme jetzt. Ich bin ganz nah. Nicht erschrecken.«

»Nick?«

Sein Herz machte einen kleinen Satz.

»Carla!«

»Bist du das?« Sie sprach leise, unsicher, als vertraue sie ihrer Stimme nicht.

»Ja. Ich komme.«

Nur noch ein paar Schritte trennten ihn von dem Gitter. Er sah das Vorhängeschloss und zog den Schlüssel aus der Hosentasche.

»Carla, wo bist du?«

»Hier hinten.«

Nick leuchtete durch das Gitter und sah sie am Boden sitzen. »Kann nicht aufstehen«, flüsterte sie.

»Bleib sitzen. Ich komm dich holen.«

Nicks Hände zitterten so sehr, dass er mehrere Anläufe brauchte, bis das Schloss endlich aufsprang. Die Gittertür quietschte, als er sie aufstieß. Er leuchtete den Raum aus. Keine Zombies und keine Gespenster. Was er sah, war viel schlimmer. Carla kauerte auf einer Decke, die er sofort erkannte; er hatte sie auf den Fotos gesehen. Ihr Haar hing wirr in ihr Gesicht, das alle Farbe verloren hatte. Sie wirkte dünn, so schrecklich dünn und zerbrechlich. Ihre Lippen waren blutig gebissen und aus ihren vorher so strahlend blauen Augen war aller Glanz gewichen. Ihre Kleider waren mit feinem Staub bedeckt und so schmutzig grau wie der Fels, der sie umgab.

Er stöhnte auf und kniete sich neben sie hin. Als er sie berührte, zuckte sie zusammen.

»Carla, ich bin es doch, Nick.«

»Nick ...«

Ihr Körper versteifte sich, wich von ihm zurück.

»Warum hast du mich allein gelassen?« Sie schluchzte auf. Er musste mit ihr hier unten gelegen haben in diesen drei Tagen, an die ihm die Erinnerung fehlte. Seit beinahe vier Tagen war sie allein hier. Der Gedanke daran war unerträglich.

»Es tut mir leid, es tut mir so leid«, murmelte er.

»Warum?« Ihre Stimme brach.

»Sie haben mich weggebracht.«

Sie hob den Kopf. »Er ... er hat gesagt, du bist abgehauen und ... und hast mich allein gelassen.« Tränen rollten über ihr Gesicht.

»Das hätte ich nie getan! Glaub mir.«

Sie gab ihren schwachen Widerstand auf und ließ es zu, dass Nick sie in die Arme nahm. Er schaukelte sie ganz sanft, so, wie man ein kleines Kind wiegt. »Es wird wieder gut«, flüsterte er, »es wird wieder gut.«

Sie klammerte sich an ihn. »Ich ... ich habe versucht, nicht durchzudrehen.«

Nick strich ihr sachte die Haare aus dem Gesicht. »Ich bringe dich hier raus«, versprach er. »Du hast gesagt, du kannst nicht aufstehen?«

»Zu schwach«, flüsterte sie. »Hab's versucht.«

»Wir können auch hier sitzen bleiben und warten, bis Caduff kommt«, schlug er vor.

»Wer ist Caduff?«

»Ein Bulle. Einer von den Guten.«

Sie schüttelte kaum merklich den Kopf. »Nein! Ich will hier raus. Bitte!«

Nick stand auf und zog Carla vorsichtig hoch. Ihre Knie knickten ein, aber er hielt sie fest. Drückte sie an sich und wartete, bis sich ihr Schwindelgefühl etwas legte. Er fühlte sich trotz seiner Verletzungen stark genug, sie sicher nach draußen zu bringen.

»Geht's?«, fragte er.

»Ja.«

»Leg deinen Arm um meine Schultern.« Er schlang seinen Arm fest um sie und führte sie behutsam durch die Gänge. Sie brauchten eine kleine Ewigkeit, um den steilen Aufstieg zu schaffen, aber Nick war wild entschlossen, Carla heil aus diesem Stollen zu bringen, egal, wie lange es dauern würde.

29

Nick quetschte sich durch den schmalen Spalt ins Freie, Carla fest an sich gepresst. Vor dem Eingang ließ er sie behutsam auf den Boden gleiten und setzte sich neben sie. Die Regenwolken hatten sich verzogen. Der Mond leuchtete durch die Kronen der Tannen und warf ein gespenstisches Licht auf den Waldboden.

»Wir machen eine kleine Pause.« Die Anstrengung, Carla den ganzen Weg auf den Beinen zu halten, hatte ihn erschöpft. Sie lag zitternd neben ihm. Vielleicht war es besser, hierzubleiben und auf Caduff zu warten.

»Bald sind wir in Sicherheit«, versprach er.

Da zerriss ein lauter Knall die Stille. Carla zuckte zusammen, Nick fuhr hoch. Das hatte sich angehört wie ein Schuss! Was ging da unten in der Hütte vor sich? Hatte sein Vater geschossen? Oder Caduff?

»Ich muss dich kurz allein lassen«, flüsterte Nick.

»Nein!« In Carlas Stimme lag Panik.

»Nur ganz kurz. Ich muss herausfinden, was passiert ist.«

Sie klammerte sich an ihn. »Lass mich nicht allein.«

»Ich versteck dich!«

Er hob Carla hoch und trug sie zur Futterkrippe.

»Hier kann man dich vom Pfad aus nicht sehen. Du brauchst keine Angst zu haben. Außerdem bin ich gleich zurück. Versprochen.«

Er drückte ihr die Taschenlampe in die Hand. »Nimm sie. Aber mach sie nur an, wenn du sicher bist, dass niemand in deiner Nähe ist.«

Geduckt lief er über den Pfad zurück, vorbei an der großen Steinplatte, bis zum Felsvorsprung. Von dort aus konnte er zur Hütte hinuntersehen. Scheinwerfer erleuchteten die Umgebung. Mehrere Männer rannten in verschiedene Richtungen in den Wald hinein. Das konnte nur bedeuten, dass jemand abgehauen war. Er musste vorsichtig sein! Fieberhaft überlegte er, ob er es wagen konnte, zur Hütte zu laufen und Hilfe für Carla zu holen oder ob er besser zu Carla zurückging und sich mit ihr versteckt hielt, bis die Männer den Flüchtigen gefunden hatten. Er entschied sich für Carla. Sie brauchte ihn. So schnell er konnte, lief er zurück zur Krippe.

»Carla, ich bin wieder da.«

Sie starrte ihn aus großen, verängstigten Augen an, hob ihre Hand und deutete auf etwas hinter ihm. Nick fuhr herum und schaute geradewegs in die Mündung einer Pistole.

Simon Forster lehnte an einem Baum. Sein blasses Gesicht hob sich unheimlich von der Dunkelheit ab, die sonst so sorgfältig frisierten Haare fielen ihm wirr in die Stirn.

»Hallo, Nick.« Er verzog seinen Mund zu einem irren Grinsen. Nick schauderte. Er fühlte, dass Simon eine unsichtbare Grenze überschritten hatte, und traute ihm alles zu. Vorsichtig hob er die Hände.

»Hallo, Simon.«

»Ich sehe, du hast sie gefunden«, sagte Forster und deutete mit der Pistole auf Carla.

»Lass sie gehen«, bat Nick. »Sie hat genug durchgemacht.«

Forster lachte heiser. »Hättest du gerne. Ich brauche sie noch. Sie ist meine Fahrkarte in die Freiheit.«

»Brauchst du denn eine?«

»Eine was?« Forster schien verwirrt zu sein.

»Eine Fahrkarte. In die Freiheit.«

Forster lachte auf. Ein unechtes, gequältes Lachen. »Die Situation ist ein bisschen außer Kontrolle geraten.«

Das war ja wohl eine grenzenlose Untertreibung!

»Was habt ihr mit meinem Vater gemacht?«

»Nichts.« Forster richtete die Pistole wieder auf Nick. »Kleiner Schwächeanfall. Hat sich kurz ans Herz gefasst und ist zusammengebrochen.«

Nick fühlte, wie sich sein Magen zusammenzog.

»Nimm es nicht tragisch«, sagte Forster. »Du magst ihn sowieso nicht.«

Nein, er mochte seinen Vater nicht. Aber vorhin, in der Hütte, hatte er geglaubt, dass sie vielleicht eine Chance hätten. Irgendeinen Sinn musste all das hier doch haben!

Forster trat einen Schritt auf Nick zu. »Pack deine Cousine und geh mit ihr vor mir her.« Nick schätzte seine Chancen ab, Forster zu überwältigen. Sie waren verschwindend gering. Er half Carla hoch und legte ihren Arm um seine Schultern. Sie konnte kaum auf den Beinen stehen.

»Du siehst doch, sie ist zu schwach«, versuchte er es. »Komm, wir lassen sie hier. Du hast ja immer noch mich.«

»Wir sind nicht auf dem Bazar, wo man feilschen kann. Tu, was ich dir sage!«

Sie kamen nur langsam voran. Carla hing mehr an Nick, als dass sie selber gehen konnte. Hinter sich hörte er Forsters schweren Atem. Beim Felsvorsprung befahl er ihnen stehen zu bleiben.

Der Platz vor der Hütte war immer noch hell erleuchtet von den Scheinwerfern mehrerer Fahrzeuge. Zwei Männer in Uniform drückten jemanden gegen einen Wagen. Sie mussten den Hageren erwischt haben.

Forster hielt die Pistole in die Luft und feuerte einen Schuss ab. In Sekundenbruchteilen verschwanden die Männer aus dem Lichtkegel.

»Ich habe den Jungen und das Mädchen!«, rief Forster. »Wenn ihr wollt, dass ihnen nichts geschieht, räumt ihr jetzt den Platz und lasst mich mit einem Wagen davonfahren.«

»Forster?« Das war Caduff. Er trat mitten ins Scheinwerferlicht. »Wir haben Ihren Komplizen. Und das Geld. Geben Sie auf!«

»Denken Sie, das beeindruckt mich?«, schrie Forster. »Sie haben genau fünf Minuten!«

»Ich will mit Nick sprechen!«, dröhnte Caduffs Stimme durch den Wald.

Forster drückte Carla die Pistole in die Seite. »Ein falsches Wort, und es passiert was!«, warnte er Nick.

»Tu, was er sagt!«, rief Nick. »Er zielt auf Carla.«

»Gut so. Und jetzt sei still«, sagte Forster nervös.

Er fuhr sich über die Stirn und wischte sich die Hand an seinem Mantel ab.

»Zieht euch in die Hütte zurück! Ich komme jetzt mit den beiden herunter und wir fahren zu dritt davon.«

Nick beobachtete, wie sich Caduff aus dem Scheinwerferlicht entfernte. Plötzlich fühlte er, wie Carla ihm etwas in die Hand drückte. Einen Stein! Sie musste ihn bei der Krippe gefunden haben. Irgendwie hatte sie es geschafft, ihn versteckt zu halten. Nick sah, wie Forster immer noch auf die Lichtung starrte und zögerte keinen Moment. Er holte aus, aber bevor er Forster den Stein an den Kopf schlagen konnte, fuhr dieser überrascht herum und stürzte sich auf Nick. Ineinander verkeilt rutschten sie aus und schlitterten über den Boden.

»Weg hier, Carla!«, rief Nick. Er klammerte sich mit aller Kraft an seinen Gegner, der wutentbrannt aufheulte und mit seiner Waffe auf ihn einschlug. Nick krallte seine Hände in Forsters Haare und zog daran. Sie rollten einen Hang hinunter, verfingen sich im Unterholz und prallten gegen Bäume, aber keiner ließ den anderen los. Während Nicks Wut letzte Kraftreserven in ihm freisetzte und er laut schreiend kämpfte, gab Forster keinen Laut von sich. Der schmächtige Mann entwickelte Kräfte, die ihm Nick nie zugetraut hätte. Immer schneller rutschten sie abwärts, bis ein heftiger Aufprall ihren Fall bremste. Nicks Kopf schlug hart auf. Die Welt um ihn herum löste sich auf und versank in Dunkelheit.

30

Als Erstes fühlte er die Kälte, die seinen ganzen Körper durchdrang. Seine Kleider klebten klamm an ihm. Er öffnete die Augen. Erstaunt stellte er fest, dass die Dämmerung eingesetzt hatte. Er zog sich hoch und lehnte sich an den Fels, gegen den er gedonnert war. Forster saß ihm auf einem Stein gegenüber und beobachtete ihn. Nick suchte mit den Augen die Umgebung ab. Keine Carla. Sie hatte es geschafft! Er atmete auf.

»Du bist ja immer noch hier, Simon.«

»Ja.« Forsters Augen waren seltsam leer.

»Warum?«, fragte Nick.

»Bin eingekreist. Sie lauern überall. Aber sie trauen sich nicht, näher zu kommen.« Forster deutete auf die Pistole in seiner Hand. »Deswegen. Ich habe ihnen gesagt, dass ich dich töten werde, wenn sie mir zu nahe kommen.«

»Und? Würdest du es wirklich tun?«

»Ich überlege es mir noch«, sagte Forster ernst.

»Du hast mich nicht erschossen, als ich dich angegriffen habe, du wirst mich auch jetzt nicht erschießen.« *Außerdem bist du zu feige dazu*, fügte Nick in Gedanken an.

Forster starrte auf die Waffe in seiner Hand. »Ich habe nichts mehr zu verlieren.«

»Hat Caduff versucht mit dir zu sprechen?«

»Ja. Er wollte verhandeln. War besorgt um dich. Leider gibt es nichts mehr zu verhandeln.« Ein müdes Lächeln umspielte seinen Mund.

»Wie konntest du nur, Simon? Warum hast du das getan?«, fragte Nick.

Forster richtete sich kerzengerade auf, seine Augen funkelten hasserfüllt.

»Dein Vater hat mir mein Lebenswerk genommen!«

»Das hast du schon gesagt. Ich will etwas anderes wissen. Warum hast du Carla in diese Geschichte hineingezogen? Du hättest ja auch einfach die Bude anzünden oder meinen Vater mit den falschen Bilanzen linken können.«

»Das wäre zu wenig gewesen. Ich wollte ihm alles nehmen. Die Firma, den Ruf, die Familie. Alles.«

»Ohne Rücksicht, ja? Weißt du was? Das macht dich genauso skrupellos wie meinen Vater.«

Forster schüttelte den Kopf. »Du verstehst das eben nicht.«

»Nein, du hast recht, das verstehe ich wirklich nicht.« Nick wollte keine Minute länger in der Nähe dieses Mannes sein. Die unsägliche Selbstgerechtigkeit verursachte ihm Brechreiz.

»Ich gehe jetzt«, sagte er. Schwerfällig stand er auf. Jeder einzelne Körperteil schmerzte. Sein Herz klopfte wie wild, doch er zwang sich, Forster den Rücken zuzukehren und davonzugehen.

»Nick!«

Nick blieb stehen, aber er drehte sich nicht um.
»Ich kann dich nicht gehen lassen.«
»Warum nicht?«
»Dein Vater hat mir alles genommen.«
»Das ist nicht wahr.«
»Ich bin erledigt.« Forster hatte die Stimme eines kleinen Jungen.
»Ja. Und deshalb wirst du mich gehen lassen. Weil es nichts mehr bringt, wenn du mich hierbehältst.« Nick schaute in den Himmel, der langsam eine blaue Farbe annahm. »Du hast Carla nicht umgebracht und du wirst mich nicht umbringen. Es gibt auch für dich eine Grenze.«
Forster gab keine Antwort. Nick ging weiter, ganz langsam.
»Es gibt nur einen Weg, mit dem ich ihm jetzt noch wehtun kann. Es tut mir leid, Nick!«
»Nein! Nicht!«, rief jemand.

Nick spürte den Schlag in seinem Rücken, bevor er den Knall hörte. Komisch, er fühlte keine Schmerzen. Ein sonderbares Rauschen lag in der Luft. Durch einen Schleier sah Nick jemanden auf sich zurennen, der wie Caduff aussah. Der Mann hatte den Mund zu einem Schrei geöffnet, aber Nick hörte nichts. Seine Beine gaben nach, sein Körper tauchte weg. Der Boden kam ihm in Zeitlupe entgegen. Seltsam, so langsam war er noch nie hingefallen. Etwas Weiches, Nasses fing ihn sachte auf. Moos. Es roch gut, so intensiv. Sein Gesicht ruhte darauf wie auf einem Kissen. Noch einmal den Himmel sehen. Den gleichen Himmel, den Carla wieder sehen konnte. Mit einem ungeheuren Willensakt rollte er sich auf den Rücken. Lichtjahre entfernt rief jemand seinen Namen.

»Nick!« Caduff beugte sich über ihn. Nick sah den entsetzten Ausdruck auf seinem Gesicht. »Nick, bleib hier.«

Er ging doch gar nicht weg. Er lag auf dem Boden und konnte sich nicht rühren.

»Du darfst die Augen nicht schließen. Hörst du? Sieh mich an.«

Caduff richtete sich auf. »Helft mir!«, rief er.

Nick hörte die Verzweiflung in seiner Stimme. Er wollte Caduff sagen, dass alles nicht so schlimm war. Aber der war plötzlich weit weg.

Er hatte Geburtstag. Acht Kerzen auf seinem Kuchen. Mutter lachte. Und da war auch sein Vater. Er führte den Fotoapparat vor sein Gesicht. Kurz bevor es hinter dem Gerät verschwand, zwinkerte er Nick zu. Er drückte ab, das Blitzlicht tauchte alles in ein grelles Gelb. Nick schloss die Augen. Er träumte sich Kristen herbei. Es war ganz einfach. Ihr Gesicht war nahe an seinem. *Küss mich. Bitte. Nur ein Mal.* Er fühlte ihre Lippen auf seinen. Alles war gut.

Epilog

Das Klopfen an der Tür weckte Nick auf. Er drehte den Kopf und sah Caduff ins Zimmer marschieren. Ein breites Grinsen legte sich auf sein Gesicht.

»Du hast dir Zeit gelassen.«

»Was für eine Begrüßung.« Caduff grinste zurück. Ein ziemlich aufgesetztes Grinsen.

»Schön, dich zu sehen«, sagte Nick.

»Ja.« Caduff blieb bei der Tür stehen. »Ehrlich gesagt, ich hatte nicht damit gerechnet, dich noch mal zu sehen.«

»Hab dich ziemlich erschreckt, nicht wahr?«

Caduff schwieg.

»Tut mir leid«, sagte Nick. »Hast du mich deshalb so lange nicht besucht?«

»Ich war hier. Aber da warst du noch im Koma.« Das Sprechen fiel Caduff sichtbar schwer.

»Na ja, da war ich wohl nicht gerade unterhaltsam.«

»Willst du die Wahrheit wissen? Ich habe es nicht ausgehalten, dich so zu sehen. Habe meinen ganzen Urlaub genommen und mich aus dem Staub gemacht.«

»Setz dich doch«, sagte Nick und deutete auf den Stuhl neben seinem Bett.

»War ein bisschen überall«, meinte Caduff.

»Ja, ich weiß.« Nick deutete auf die Postkarten an der Wand neben seinem Bett. Verlegen schaute Caduff auf die bunten Bilder.

»Du fühlst dich doch nicht etwa schuldig?«

»Doch«, sagte Caduff. »Doch. Ich habe die Abzweigung nicht gefunden und so wertvolle Zeit verloren.«

»Ist ja trotzdem gut ausgegangen. Na ja, ziemlich gut.« Auf Caduffs Gesicht zeigte sich ein Lächeln.

»Hast du mit Simon gesprochen?«, fragte Nick.

»Ja, ich war bei den Verhören dabei.«

Caduff nahm eine CD in die Hand, die auf Nicks Nachttisch lag.

»Hat mir Kristen gebrannt. Wirklich starkes Cover. Sie hat das Foto selber geschossen.«

Caduff schaute sich das Bild einer sonnendurchfluteten Waldlichtung an. »Gefällt mir.«

»Weißt du, was ich nicht verstehe?«

»Was?«

»Warum Simon meinen Vater in die Hütte bestellt hat. Das war doch ein unnötiges Risiko. Er hätte Carla einfach wieder auftauchen lassen können, genau wie mich, zugedröhnt und mit ein paar Berlin-Souvenirs in den Taschen. Wer hätte ihr schon geglaubt? Es gab keine Lösegeldforderung, keine Verletzten, keine Toten. Für die Polizei war sie nur eine junge Frau, die zusammen mit einem Junkie verschwunden war, um was zu erleben. So was passiert doch andauernd.«

»Er wollte, dass dein Vater ganz genau wusste, wer ihn

und seine Familie ruiniert hatte. Dafür war er bereit, jedes Risiko einzugehen.«

»Das ist doch krank, oder?«, fragte Nick.

»Ja, aber das entscheiden weder du noch ich.«

Eine Weile hingen beide ihren Gedanken nach.

»Mam besucht mich ziemlich oft«, wechselte Nick das Thema. »Ich habe mich bei ihr entschuldigt, dass ich mich so grässlich aufgeführt habe bei dir.« Er fühlte, wie sein Gesicht rot anlief. »Wir haben einen Deal abgeschlossen.«

Caduff beugte sich vor. »Da bin ich aber gespannt.«

»Ehrlichkeit«, sagte Nick, »wir haben uns darauf geeinigt, uns die Wahrheit zu sagen.«

»Und, gelingt es euch?«

»Ist gar nicht so einfach. Lass es mich so sagen: Wir machen Fortschritte.«

»Und dein Vater?«, fragte Caduff.

»Den haben sie früher entlassen als mich.«

»Du weißt, dass ich das nicht meine.«

»Nun, wir versuchen es.«

Caduff nickte. Nick dachte daran, was für eine kaputte Familie sie waren. Aber vielleicht kriegten sie es wieder hin. »Er hat seine Firma verkauft. Hat jetzt mehr Zeit, aber ich weiß nicht, ob das wirklich gut ist.«

»Und warum?«, wollte Caduff wissen.

Nick verdrehte die Augen. »Er fängt schon wieder an, meine Zukunft zu planen. Es ist so mühsam, ihm klarzumachen, dass ich Zeit brauche und vielleicht nicht das machen werde, was er von mir erwartet.«

»Hast du denn schon eine Ahnung, was du machen willst?«

»Der Doc sagt, dass ich erst mal gesund werden muss. Reha und so. Wird noch eine ganze Weile dauern. Der Scheißkerl hat gut getroffen.« Nick lachte. »Sorry, du bist ja derjenige, dem ich zu viel fluche. Also, noch mal. Simon hat einfach zu gut getroffen. Wenn ich aufstehe, fühle ich mich immer noch wie Wackelpudding. Wird ein ziemlich mühsamer Prozess werden.«

»Für Wackelpudding klingst du erstaunlich gut.«

»Caduff, ich verrate dir jetzt ein Geheimnis. Wenn du es ausplauderst, erzähle ich allen von der grausig geschmacklosen Stehlampe in deinem Wohnzimmer und dein Ruf ist ruiniert.«

Entgeistert starrte ihn Caduff an. »Was willst du damit sagen? Die Lampe ist nicht geschmacklos. Oder?«

Nick grinste. Dann wurde er ernst. »Damals, als ich den Wagen an den Baum gefahren habe, da wollte ich sterben. Der Wagen war hinüber, aber ich nicht. Es war, als ob ich zuerst irgendwie mein Leben in Ordnung bringen sollte. Ein Zeichen oder so. Dort im Wald, da wäre ich wirklich beinahe gestorben. Und es war gar nicht schlimm. Alles war irgendwie abgeschlossen und erledigt. Verstehst du, was ich meine?«

»Ich glaube schon«, sagte Caduff.

»Aber als ich dann aufgewacht bin, war ich froh, dass ich noch lebe.«

Neben Caduff gab es nur eine einzige andere Person, der Nick das erzählt hatte. Dabei würde es auch bleiben. Warum er Caduff in seine tiefsten Geheimnisse einweihte, war ihm selber nicht ganz klar. Es war einfach das Gefühl, dass es richtig war.

Er atmete tief durch. »Ich glaube, dass ich noch eine

Chance bekommen habe. Da ist ein bisschen mehr Zeit gar nicht schlecht und ich denke, ich komme damit klar.«

»Das wirst du.« Caduff stand auf und ging zum Fenster.

»Ich sag dir noch was. Wenn die mir einen Gips verpasst hätten, wären diesmal ein paar Unterschriften drauf von Menschen, die mir was bedeuten.«

»Wie Carla«, sagte Caduff.

»Ja«, antwortete Nick. »Sie besucht mich oft. Sie ist schon fast wieder die Alte.«

Nur ihre Augen, die waren nicht mehr dieselben. Das Leuchten war verschwunden. Nick hatte sich etwas geschworen: Er würde nicht aufgeben, bis es wieder da war.

»Und Susanna. Martin. Finn. Sie alle waren hier. Stell dir vor, Susanna und Mam kamen zusammen!«

»War wohl für alle nicht so einfach«, meinte Caduff.

»Ach, war gar nicht so schlimm. Susanna und Martin tut es leid, dass sie mir nicht vertraut haben. Sie haben sich entschuldigt.«

»Das will ich hoffen!«

»Sei nicht zu hart. Es sprach ja wirklich alles gegen mich.«

Caduff schnäuzte in sein Taschentuch und setzte sich wieder auf den Stuhl neben dem Bett.

»Susanna hat mir angeboten, dass ich in ihrem Laden eine Lehre machen könnte.«

»Und? Nimmst du das Angebot an?«

»Weiß noch nicht. Die Arbeit bei ihr hat mir gefallen. Ich habe noch Zeit. Die Lehre würde erst nächsten Sommer beginnen.«

»Was machst du, wenn du aus der Reha entlassen wirst?«

»Das weißt du echt nicht?«
Caduff schüttelte den Kopf.
»Sie hat es dir nicht gesagt?« Nick lachte.
»Wer hat mir was nicht gesagt?«
»Tu nicht so unschuldig. Meine Mam. Ich zieh zu ihr. Nach Celerina. Bergluft soll gesund sein. Mann, ich glaub's nicht. Sie hat dir kein Wort davon gesagt?«
»Na ja ...« Caduff wandte sich verlegen ab.
»Ach komm schon, ich weiß, dass du sie aus fast jedem Ort, in dem du warst, angerufen hast. Und ich würde drauf wetten, dass du mit ihr essen gegangen bist, bevor du hierher gekommen bist.«
Jetzt war es Caduffs Gesicht, das rot anlief.
»Ehrlichkeit, Caduff. Meine Abmachung mit Mam. Sie hat mir auch von dir erzählt.«
»Was denn?«
»Frag sie selbst. Sie wird es dir schon sagen.«
Die Tür öffnete sich.
»Da bist du ja«, sagte Nick zu Kristen.
»Oh, du hast Besuch. Hallo, Herr Caduff.«
»Hallo, Kris.« Caduff erhob sich. »Also, ich geh dann mal.«
»Kommst du mich wieder besuchen?«
»Wenn du willst.«
Caduff war schon zur Tür hinaus, aber er kam noch mal zurück.
»Hab noch was vergessen zu sagen. Ich würde meinen Namen auch auf deinen Gips schreiben. Wenn du einen hättest.«
»Du wärst der Erste, der unterschreiben müsste. Ehrensache.«

»Du würdest einen Bullen seinen Namen auf deinen Gips schreiben lassen?«

Jetzt war das Grinsen auf Caduffs Gesicht endlich echt.

»Nein. Aber einen Freund.«

Caduff hob die Hand und verließ das Zimmer.

»Schön, dass er wieder da ist«, sagte Kristen.

»Ja.«

Sie küsste ihn, nahm schwungvoll auf dem Stuhl Platz, auf dem eben noch Caduff gesessen hatte, und begann, ihm von ihrem Tag zu erzählen.

Lesetipps und vieles mehr kostenlos per E-Mail:
www.thienemann.de

Von Alice Gabathuler ebenfalls erschienen:

Schlechte Karten
Mordsangst
Das Projekt
Starkstrom
Free running
dead.end.com
Matchbox Boy

Gabathuler, Alice:
Blackout
ISBN 978 3 522 20184 1

Umschlaggestaltung: Buch und Grafik, Zürich
Innentypografie: Marlis Maehrle, Winnenden
Schrift: Stone serif und Distress
Satz: KCS GmbH, Buchholz/Hamburg
Reproduktion: HKS-Artmedia GmbH, Leinfelden-Echterdingen
Druck und Bindung: CPI – Ebner & Spiegel, Ulm
© 2007, 2013 by Thienemann Verlag (Thienemann Verlag GmbH),
Stuttgart/Wien
Alle Rechte vorbehalten. Printed in Germany.
5 4 3 2 1°   13 14 15 16

www.alicegabathuler.ch

Fesselnde Thriller von Alice Gabathuler

Matchbox Boy
288 Seiten
ISBN 978-3-522-20159-9

Nutte. Heilige. Falsche Schlange. Plötzlich stehen diese Namen im Netz. Wer ist gemeint? Und wer ist der geheimnisvolle Matchbox Boy, der ihre Bestrafung fordert? Es ist ein Spiel mit dem Feuer, das drei gelangweilte Freundinnen am Pool starten – und das völlig außer Kontrolle gerät. Aus Tätern werden Opfer. Aus Opfern Täter ...

dead.end.com
288 Seiten
ISBN 978-3-522-20064-6

Eine einmalige Gelegenheit.
Ein unvergessliches Spielerlebnis.
Ein einzigartiges Abenteuer.
Doch dann kommt alles anders, und Mo, Greti und die anderen erkennen: dead.end.com ist mehr als nur ein Spiel ...

Das Projekt
320 Seiten
ISBN 978-3-522-17984-3

Ausnahmezustand! So ist die Projektwoche überschrieben, die Frau Kramer mit ihren Schülern wagt. Freundschaften, Feindschaften, Liebe, Hass, Gleichgültigkeit – bei der Zusammenstellung der Teams spielt das alles keine Rolle. Denn das Los entscheidet ...

THIENEMANN
Wir schreiben Geschichten!

www.thienemann.de

Für alle Fans von „24" und „Prison Break"!

Andrew Klavan
The Homelanders
Stunde Null

288 Seiten
ISBN 978-3-522-20139-1

Ich war an einen Stuhl gefesselt. Über mir hing eine nackte Glühbirne. Dann bemerkte ich die Blutflecken auf meinem Hemd. Und plötzlich war ich wach. Hellwach.
Charlie West, 18, erlebt den Albtraum seines Lebens: Zwei Männer drohen, ihn zu töten – und er kann sich an nichts erinnern. Er weiß nur, er muss handeln. Jetzt! In allerletzter Sekunde gelingt ihm die Flucht. Und eine gnadenlose Jagd durch die USA beginnt, denn Charlie ist nicht nur ins Visier von Terroristen geraten, auch die Polizei sucht ihn. Angeblich hat er seinen besten Freund auf dem Gewissen. Die Anklage lautet: Mord!

www.thienemann.de

Die Vergangenheit liegt vor dir

Alex Scarrow
TimeRiders
Wächter der Zeit

464 Seiten
ISBN 978-3-522-20134-6

Liam O'Connor hätte 1912 an Bord der Titanic sterben sollen. Maddy Carter 2010 in einem Flugzeug über Amerika. Saleena Vikram 2026 bei einem Brand in Mumbai. Doch Sekunden vor dem Tod der drei taucht ein mysteriöser Mann auf und reicht ihnen die Hand – und nun sind sie Agenten einer streng geheimen Organisation, die nur eine Aufgabe hat: die Welt vor der Zerstörung durch Zeitreisende zu schützen. Schon der erste Auftrag bringt das Team in große Gefahr. Liam, Maddy und Sal müssen sich bewähren und das gegen einen mächtigen Gegner. Sein Ziel: die Weltherrschaft!

www.thienemann.de